小说家与夜的分界线

[日] 山白朝子 著
王蕙林 译

Asako Yamashiro

The Phantom of the Novel

接力出版社
Publishing House

桂图登字：20-2024-096

图书在版编目（CIP）数据

小说家与夜的分界线 / （日）山白朝子著 ; 王蕙林译. -- 南宁 : 接力出版社, 2025. 5. -- ISBN 978-7-5448-9083-0

Ⅰ. I313.45

中国国家版本馆 CIP 数据核字第 2025VT3106 号

小说家与夜的分界线

XIAOSHUOJIA YU YE DE FENJIEXIAN

责任编辑：陈楠　　装帧设计：崔欣晔　　责任校对：阮萍

责任监印：刘宝琪　　版权联络：王彦超

出版人：白冰　雷鸣

出版发行：接力出版社　　社址：广西南宁市园湖南路9号　　邮编：530022

电话：010-65546561（发行部）　　传真：010-65545210（发行部）

网址：http://www.jielibj.com　　电子邮箱：jieli@jielibook.com

经销：新华书店　　印制：河北尚唐印刷包装有限公司

开本：880毫米 × 1250毫米　1/32　　印张：10.5　　字数：179千字

版次：2025年5月第1版　　印次：2025年5月第1次印刷

定价：59.80元

目 录

第 1 章

墓地小说家

一

日本小说家当中怪人颇多。

何以如此？

也许因为脑子正常的人，根本不会想要去写什么推理小说吧。也或许，缺乏正常伦理观的人能以某种更奇妙的视角审视世界，从而写出令人耳目一新的推理故事。确实，如果一篇推理小说通篇皆是老生常谈，读来肯定会味同嚼蜡；而由离经之人所写下的叛道之作，当然更能给人带来猎奇的乐趣。

我自己虽是个不得志的推理小说家，但每当环顾四周，我都会觉得日本推理作家圈子是由各种奇人怪人组成的。我自己暂且不论，总体而言，整个日本推理作家群体当中似乎就没几个人格健全的人。这是一群无法在社会上立足、总是处在主流之外的家伙。

创造是一种追求美的行为。某些偏离了常轨的人，会在追求美的过程中一步步走向毁灭。这样的事例并不鲜见。为了创造作品，他们可以将规矩、生命以及所有的一切尽数摧毁。我的目光总会不由自主地被他们吸引——观察他们，甚至可以算是我的一种爱好。他们令我心驰神往。他们身上那种为了创作不惜走上不归之路的态度，总是让我深受震动。

在我认识的奇怪的推理小说家中，有位名叫O先生的人，这次我要为大家介绍的就是他。

作为推理小说家，O先生的创作生涯大约持续了十年零三个月之久。他于二十多岁时开始写作，报名参加各类新人奖[①]并成功入选。他的处女作属于“校园推理小说”的类型，内容是一所高中的学生们努力揭开杀人事件谜团的故事。

这篇小说的推理逻辑有些薄弱，因此不敌其他作品，未能夺得最高奖项。所幸，它因斩获“审查员特别奖”得以成功出版。热衷推理逻辑的人或许会觉得O先

① 新人奖：在日本设立的文学奖项中，新人奖专门颁发给那些由资历较浅的新人执笔并刊登于杂志或作为单行本出版的优秀作品。具有代表性的新人奖有芥川奖、野间文艺新人奖、三岛由纪夫奖、山本周五郎奖等。对于多数资历尚浅的作家来说，获得新人奖相当于实现了登龙门。

生的这篇小说不太够味，但谁也无法否认的是，这部作品具有一种独特的魅力。尤其是，作品将十几岁的少男少女形象刻画得清新自然、栩栩如生，展示了他们努力化解自己的内心冲突，积极协助伙伴克服困难的成长历程。要说这部作品的最大亮点，还要数其对于故事发生地所进行的描绘。翻开书，我们仿佛能够嗅到扑面而来的校园气息，不由自主地回忆起自己高中时代的一幕幕情景，胸中涌起怀念之情。

处女作发表之后，O先生又以同一所高中为故事发生地，写下了一系列校园推理小说。在我的印象当中，O先生虽然当时并未成为现象级的畅销书作家，但确实有很多读者表示很喜欢他作品里的那种氛围感。

我与他是在某家出版社举办的聚会上初次见面的。每年一到年底，就会有几家大型出版社出面张罗，将一众作家、编辑召集到酒店宴会厅里，为大家提供一个相聚畅谈的机会。聚会通常采取冷餐会的形式，餐点丰富，极尽奢华。那天，我正独自一人在宴会厅的角落喝酒呢，忽然看到一位相识的编辑领着一个二十五六岁的年轻人走到我的面前，将他介绍给我。那个年轻人就是O先生。

O先生瘦瘦高高，皮肤白皙，脸颊消瘦，看起来不是特别健康。他的无名指上戴着戒指，可见是位已婚人

士。但他全身上下最引人注目的地方，还数那条被白色三角巾悬吊起来的左臂。

“以这副样子来见您，实在不好意思。”

他解释说，自己的左臂骨折了，所以不得不用石膏将其固定起来。

“胳膊这个样子，肯定会影响您写作吧？”

“神奇的是，还真没有什么影响。我已经很适应这种状态了。”

我们两个人在宴会厅的角落聊了起来。因为看过彼此的书，我俩谈得倒也轻松自如。看他一只手臂不能活动，贴心的编辑便主动替他一趟趟地取来餐点。

聊过几个话题以后，我问起他最近在写什么。O先生说自己正在写一部校园推理小说。他的目光落在打着石膏的左臂上，脸上泛起羞涩的笑。

“其实，这条胳膊是我自己弄断的。”

我将装酒的杯子举到唇边，脑中回味着他这句话。

自己弄断的？

想来我的表情一定显得有些诧异吧。

“我在这部小说里面，会写到主人公的左臂被汽车轧断，不得不打着石膏生活的情节。说来惭愧，我自己以前没有过骨折的经历呢。从小到大，我就一直没有受

过什么大伤。所以，我对于自己能否写好主人公在骨折后的那种痛苦，没有什么把握。”

在恰到好处的微醺当中，宴会厅里的璀璨灯火在我看来仿佛一颗颗闪光的宝石。整个大厅中，作家和编辑三三两两地围成一些小圈子，张大了嘴哈哈笑着。不知怎的，这幅景象在我眼里简直就像是百鬼夜行①一般。

O先生成功引起了我的兴趣！我最喜欢这类话题了。

“原来如此，原来如此。所以说，您是为了写作，才把自己的那条胳膊给弄断的？”

我尽可能面不改色地说。我生怕自己只要稍微露出一点儿惊讶的表情，或者稍一皱眉，我们之间的谈话就会戛然而止。

“是呢。当时可真把我给疼坏了。不过，要是我不体验一把的话，后来绝对没法儿写得那么逼真。我真得好好感谢一下我的妻子。”

“您的夫人？为什么？”

“我是让妻子帮忙轧断我的手臂的。起初她很抗拒，

① 百鬼夜行：这个词在日本最早出现在镰仓初期的《宇治拾遗物语》中。传说妖怪住的地方和人类住的地方在空间上是重叠的，只是人类在白天活动，妖怪们则在晚间出现。夜晚来临，整条路空无一人，这时会出现许多奇形怪状的妖怪，面目狰狞地走在路上，称为“百鬼夜行”。

我不得不一遍又一遍地告诉她这都是为了创作，才好不容易说服了她。”

O先生对我叙述了当时的情形：他俯卧在自家车库中，把左臂放在汽车轮胎前面；他的夫人则坐在汽车驾驶座上，发动引擎，让车子一点点地朝前移动。当轮胎轧到O先生的胳膊时，那极大的重量引发了一阵巨响。

咔嚓，砰，嘎……

骨头被轧断了，肌肉被碾烂了。一阵剧烈的疼痛袭来，O先生失声尖叫。

“但是与此同时，我的心里也升起了一阵狂喜。我知道自己这回没问题了，肯定能把有关骨折的部分写得很生动。因为我的疼痛，也正是小说主人公的疼痛啊。”

O先生将右手握着的香槟酒杯举到脸前。在淡金色的液体中，细小的气泡不断浮起，又爆裂。O先生在讲述这一切时，眼中闪烁着一种近乎喜悦的光芒。他通过伤害自己的肉体，为作品提供了养分。若以普通人的尺度衡量，此等行为实属荒唐；但若从日本推理小说家的创作角度出发，这种做法似也无可厚非。毕竟，肉体终会灭亡，而从灵魂当中诞生的作品，则将永存。

二

自打在聚会上邂逅，我与O先生便有了往来。有时，我认识的作家或编辑叫我去喝酒时，我也会叫上他一起参加。O先生在酒局上基本不怎么说话，总是充当倾听者的角色，给人的印象就是一个安静温和的青年。

随着交往的加深，我逐渐发现O先生对于“小说家”这个职业抱有一种神圣的感情。他坚信，只有极少数天资卓越之人，才有资格去写故事。

那个时候他还不写纯文学，只写较偏娱乐化的校园推理小说。但在他看来，无论哪种类型的小说都是一种艺术。这种观念让他在写作时总是倍感压力。他的内心总有一个声音在说：“像我这样的凡夫俗子，真有资格进行艺术创作吗？”这个声音挥之不去，他不得不与之进行殊死搏斗。

“刚下笔的瞬间往往是最可怕的。所谓‘刚下笔的瞬间’，指的不是刚开始写一篇小说的时候，而是指刚刚打开电脑，即将在文档上敲下第一个字的瞬间。每当我面对电脑，想要接着前一天的成果往下写的时候，都

会僵在原地，动弹不得。要等很长很长的时间，才能敲出一个字来。因为紧张，我的双手都在发抖。当然我在理智上也明白，只要硬着头皮写上几行，我肯定就又能像昨天一样顺畅地写下去了。”

如何将意识切换到写作模式？

在作家群体之间，这是一个常被谈及的话题。

有些厉害的人可以随时脱离现实世界，让精神沉浸到作品当中。比如，某位人气作家就曾说过，自己只要一坐到电脑前，就能像切换电视频道一样，轻轻松松地将精神状态从日常模式切换到写作模式中去。可惜这种令人艳羡不已的能力，只为部分作家所拥有。

多数作家还是必须独自摸索，通过一次次的实践总结出适用于自己的意识转换方式。比如对我来说，冲泡滴滤式咖啡的过程就是一种切换精神状态的仪式。

热水注入咖啡粉的瞬间，水汽会在我的眼前蒸腾弥漫。热气包裹着皮肤，香气充溢了鼻腔。五感受到刺激打断了绵绵不绝的日常思维，我的脑海随之生成一片空白。对我来说，通过这种方式打破日常思维，可以促使我的头脑进入写作模式。当然，这种方法并不是万能的，冲了咖啡，也不代表我就一定能写出东西来……

O先生似乎从他报名参选新人奖的时期开始，就被

“写作”这个概念压得喘不过气。因此，他在出道以前，就一直埋头钻研各种切换精神状态的方法。

“有个作家说过，他在写作时会把蚊香放在身边，因为蚊香的味道会让他的心里充满乡愁，脑海当中也会随之涌现出作品中的意象。我自己在写一篇以夏天为背景的小说时，也学着那个作家，在身边放了盘蚊香，结果发现效果还真挺不错的。在蚊香的气味当中，我回忆起了自己少年时代度过的暑假，一下子就沉浸到作品世界里去了。后来，我就根据自己的特点，完善了一下这个方法。”

“完善？怎么个完善法？”

“其实，这种方法的本质，就是模糊掉日常生活与作品世界之间的界限，帮助大脑更轻松地进入写作模式。所以我会想办法在写作开始之前，让自己所处的现实状况与写作内容尽可能地重合起来。”

他之所以主动折断手臂，就是为了让自己与小说主人公的经历重合。我向O先生不断提问，想知道他除了主动断臂以外还进行过哪些尝试。

“比如，我在写到发现尸体的场面时，会在房间里洒满人造的假血，在写作时会自我催眠说，我此刻正身处于凄惨的杀人现场呢。”

“后续的打扫工作会不会很麻烦？”

“当时确实给我妻子添了不少麻烦。不过，这也都是为了小说嘛，没办法的。”

“那您当时写得还顺利吗？”

“唉，问题是，气味不一样啊……为了更有真实感，我用美工刀割破自己的胳膊，把血浸到纸巾里，一边闻着纸巾上的血味一边写。”

O先生有点儿不好意思地伸出手臂给我看。只见那片皮肤上留有好几条白色伤痕。想来，他每写一次发现尸体的场面，就会割破一次自己的手臂。看了这个，我不由得心潮澎湃：O先生比我想象的更加癫狂。

“您笔下的高中生显得非常生动。他们身上的那种真实感，绝对不是单凭想象就能营造出来的。您到底是怎么做到的呢？”

“通过搬家。”

“搬家？”

“就在下定决心要写校园推理小说的当天，我在跟妻子商量之后，买下了一栋建在某所高中后面的半旧独栋住宅。虽然我当时还没有出道，但是靠着父母的遗产，还算能拿得出买房子的钱。那栋房子的后院和高中校舍只有一墙之隔，侧耳倾听，我甚至能听见高中生们在音乐课上唱歌的声音。真是妙不可言哪！”

O先生说他总在自家二层的一个房间里写东西。通过那个房间的窗户，可以清楚望见高中校舍里的样子。每次写作前，他都会蜷身趴在窗边，从窗帘的缝隙间探出双筒望远镜，窥视校舍里的样子。看到往来穿梭于走廊里的老师与学生，他仿佛看见小说中的世界在他的眼前铺展开来，写作也便得以顺利开展。

“在我们家的后院和高中的院子之间，立着一堵带有铁丝网的混凝土砖墙。每当我写不下去的时候，都会来到混凝土砖墙的边上。为了不让学校里的老师和学生看见我，我会在那个地方趴下来。”

“趴下来？”

“这个解释起来有点儿困难……就是，那堵混凝土砖墙上面有道裂缝，就在紧贴着地面的位置。裂缝穿透混凝土砖墙，从我家这边一直通到对面。我发现，只要把脸凑到那里，就能看见高中的院子内部。每当我把脸贴在那道缝上的时候，就能近距离看见正在校舍边上聊天的学生，还有正在参加体育社团活动的学生。近得我能清楚听见他们聊天的内容与呼吸的节奏。”

也就是说，为了写作，O先生把一个与小说里的世界十分相似的空间，搬进了自己的日常生活里。透过边界处的裂缝进行窥视，可以帮助他将精神状态从日常生活切换到小说世界。那些高中生的生活空间给他带去了灵感，帮他创造出了更为丰盈的作品世界。

O先生进一步对我说："别的我也没干过什么了，顶多就是半夜溜进过高中校园里面。"

"是吗？为了写小说，您这么做也是不得已吧。"

为了写作这个"崇高"的目的，这种做法也可以理解。我这样告诉自己。

"有天傍晚，我用双筒望远镜观察校舍时，忽然发现一层有扇窗户是敞开的。估计是谁忘记把它关上了吧。半夜，我又确认了一遍，结果发现它还敞着。当时我就觉得，这一定是创作之神正在对我发出邀约。"

那天深夜，O先生走出家门，在夜色的掩护下闯入了学校。他翻过带有铁丝网的混凝土砖墙，双脚站立到自己平时总在眺望的地方。他这么做，其实也就相当于进入了自己的小说世界——毕竟，这就是他写作的依据啊。

他将手放在校舍外墙上，静静感受了一会儿，然后就从敞开的窗户进入了校舍内部。

"每天夜里，都有保安在那所高中里巡逻。不过，他们巡逻的时间和路线我早就烂熟于心了。因为之前我在写一部关于夜间校园杀人事件的小说时，曾经整夜整夜地观察过那片校舍。”

他一边嗅着校舍走廊里的气味，一边走了起来。他小说里的登场人物也总是在这里行走。

走进教室，他看着里面一排排的课桌。朦胧的月光透过窗户照进来，让一张张桌面泛起淡淡的光。他把手搁在桌面上，用指腹轻轻抚摸起来。

这里就是小说中的登场人物日常生活的地方。他们在这里与伙伴一起欢笑，一起烦恼，一起解开校园离奇事件的谜题。此时此刻，他与他们正同处于一个空间。

他在小说当中刻画过的世界，就铺展在自己的眼前。

“一切看起来都是那么地美。地板上掉落着一个发夹，也不知是谁的。黑板擦得十分潦草，还残留着模糊的算式痕迹。我觉得胸口仿佛被人揪住，一阵阵地闷痛，竟然丢脸地哭了出来。那可真是一阵很激烈的情绪体验。由于感觉太过美好，我当下便决定躲过值班的保安，去办公室‘借’走校舍后门的钥匙。”

“……为什么呢？”

“为了制作备用钥匙啊。我们家里就有黏土，所以当晚我就用黏土复制了钥匙的形状。做完以后，我立刻就把钥匙还了回去。之后我又花了几天时间，用锉刀一点点地雕刻着那把毛坯钥匙，最终成功自制出了一把备用钥匙。自打我能够随心所欲地在夜里潜入校舍，写作进展得更加顺利了。”

O先生每天晚上都会带着笔记本电脑潜入高中校舍。写到发生在教室里的场面时，他就到教室里写；写到发生在楼梯平台上的场面时，他就到楼梯平台上写；写到发生在音乐教室里的场面时，他就到音乐教室里写。到了保安快来的时间，他就会在黑暗中屏息静气，静等保安离去。他每次都在天亮之前返回家中。

一切都是为了小说。他完全没有自己在做坏事的感觉。

作为一名作家，只有通过在现实生活中构筑出小说中的世界，他才能够顺利地进行创作。这种方式虽然笨拙，却让他的作品得以具备现实性。如果他的伦理观与常人无异，他也就不可能创造出具有如此强烈氛围感的作品了。

三

O先生的作家生涯，一半以上都在写校园推理小说。出道七年左右时，他才开始创作其他文学类型。那阵子，推理小说的热潮开始冷却，他的小说销量持续走低。社会上最为流行的文学类型变成了恋爱小说。一部发表在网络上的恋爱小说被出版成书，根据小说改编的电影创下票房纪录，原作小说成了销量超过百万册的超级畅销书，而这也促使各大出版社相继推出与之装帧相似的其他恋爱小说。

建议O先生尝试一下恋爱小说的，是我也认识的一位编辑，叫他T先生好了。

“我一直很想看看O先生用他的风格写出来的恋爱小说。没想到，事情后来竟然成了那样。”

T先生显得非常后悔，但是谁也不能责备他：对于自己那套特殊的写作方法，O先生只对作家同行提起过。至于他平时是用什么方式写小说的，T先生并不知情。

我很理解T先生为何会劝O先生写恋爱小说——毕竟，O先生并不擅长故事情节或推理诡计，从字里行间散发出的氛围感才是其作品的魅力所在。而氛围感在恋爱小说这种文学类型中，无疑是极有力的武器。

而且，O先生自己似乎也有心想挑战一下其他文学类型。

“毕竟已经七年了嘛。可能他自己也想跟那个系列做个了结，开始写些新的东西。那会儿刚好有个写推理小说出道的作家夺得了纯文学大奖，可能这也刺激了他。”

T先生张罗着找O先生开了几次会，跟他商量应该写个什么样的恋爱小说。

“当时市面上充斥着以纯爱为主题的恋爱小说。我觉得单纯跟风是条死路，因此建议他去写一部能让读者心灵受创、充满破坏力的作品。他自己也说这个思路很好，于是就选了‘心痛’作为主题。他兴致勃勃地跟我说，他要写出一部能让读者放声大哭的恋爱小说。”

O先生不是那种会在事先提交情节梗概给编辑的类型。在他看来，跟别人商量以后，别人的思考就会混进自己的故事，让作品丧失纯粹性。事先搭建出的情节梗概，在落笔写作的神圣瞬间只会变成沉重的枷锁。因此，他什么都没对T先生说，就开始了写作。

“每隔几周我会联系他一次，询问稿子的进度。这是他第一次尝试写恋爱小说，所以好像写得挺吃力的。我问他故事内容，他也不告诉我，只说登场人物的年龄大概是在大学毕业前后那几年的样子。”

想来，他之所以没像以往那样将高中生设为主要登场人物，也是为了实现自我成长与突破吧。因此，这次他一反常态，没再一边观察自家后面的高中校舍一边进行写作。

“和他开会讨论后过了半年左右，我收到了他写完的作品原稿。通读完一遍初稿以后，我立刻认定这是一部杰作。我在阅读时好像过度代入了主人公的情感，胸口痛到不能自已。再也没有比这个故事更适合‘心痛’这个主题的了。书评家们也都赞不绝口。很多人说这是他最好的一部作品，而我认为它担得起这个赞誉。”

O先生一生只写过这么一部恋爱小说。小说写的是一位青年被所爱之人背叛，心中留下深深伤痕的故事。这是一部充满叹息的作品，读起来仿佛是用笔尖蘸着从心脏中渗出的鲜血，一笔一画重重刻下的。

“读完初稿以后，我立刻给他打了个电话，急于跟他分享自己的感受。但是，听声音感觉O先生十分疲惫，似乎完全没有心情讨论这些。我后来听说，那个时候他和夫人每天都在不断争吵。”

那会儿，有时我也会请O先生一起参加作家同行间的酒局，但是他从不出席。直到那本恋爱小说出版前几天，我才了解到他的处境。据说，O先生与他夫人的关系已经降至冰点，到了马上就要离婚的境地。

“我也见过几次他的夫人，真是位年轻可爱的女士。他俩关系非常好，是对很般配的夫妻。但我万万没想到，O先生必须处在和小说人物一样的环境里，才能写出东西来。为了写作，他让夫人注册了交友网站。据说，O先生亲口请求他的夫人去搞外遇。为了深刻理解主人公所体验到的‘心痛’，他安排自己深爱的妻子去和别人搞婚外情。”

据说O先生和他夫人是高中同学。两个人都是彼此的初恋，刚一成年就结了婚。O先生在写校园推理小说的那几年里，两个人从未有过激烈争吵，夫妻关系十分和睦。但也正因如此，O先生一生中从未有过因爱情而受到创伤的经验。所以，他必须得去体验一下，体验一下心的伤痛。

“他的夫人起初很不愿意。但他对夫人说这都是为了小说，才终于说服了她。在O先生的指示下，他的夫人和在交友网站上认识的好几个男人出门约会。他让夫人将录音笔藏在身上，把约会中的对话全都录了下来。

然后他就一边听着那个录音，一边埋头写作。据说，他的夫人和别的男人进酒店以后的声音，也全都给录下来了。”

O先生打心底里深爱着他的妻子。这一点，只要看过他的小说就会明白。如果没有真爱，小说主人公的痛苦肯定会显得十分空洞虚浮。

“有一天，O先生本来预计的外出临时取消，留在家中工作。结果他的夫人把一个男人带回了家。那时他的夫人已经彻底迷上了交友网站，即使没有O先生的指示，也会主动去跟不认识的男人约会。那天O先生的夫人以为他出门了，直接进了卧室，全然不知O先生就在工作室里。工作室与卧室貌似只有一墙之隔，只要竖起耳朵，O先生就能把隔壁两个人欢愉的交谈听个一清二楚。除了交谈，还能听见床在吱嘎作响……”

他一边听着那些声音，一边写着小说。那番景象对我来说并不难以想象，他就是那样的作家。越是因为丧失所爱而心痛不已，他的情感描写就越逼真，逼真到令人毛骨悚然的程度。他献祭了自己从十几岁起就和一位女性共同培育起来的无可替代之物，换取到了真正的懊恼、焦躁与绝望，并将其升华为小说这一艺术形式。

就在小说即将出版之际，他的夫人收拾行李离开了家。

据说她现在和别的男人幸福快乐地生活在一起了。

四

作为杂志《怪与幽》的撰稿人，我很高兴O先生也对恐怖小说这个文学类型产生了兴趣。在他十年零三个月的作家生涯中，O先生把最后一年献给了恐怖小说。我很好奇，他在那段时间里发表的几部短篇作品，到底是如何诞生的。

离婚后，O先生开始了独居生活。我在那个时候与他见过一次面。

“我把之前住的房子卖了。那所高中的校舍，我再多看一眼都会无法忍受，因为我已经再也写不出校园推理小说了。”

O先生变得比以前更瘦了，眼睛凹陷，脸上挂着虚弱的笑容。

“我现在租住在一栋公寓的二层，其实我还是头一回自己住呢。结婚之前，我在老家跟父母生活在一起。他们两个人很久以前就因病去世了，现在，我已经彻底成了孤零零的一个人。”

从前，他之所以能写出校园推理小说，很大一部分原因是他家的后面有片高中校园。后来，他之所以能写出恋爱小说，是因为他牺牲掉了夫妻感情。如今，已经孑然一身的O先生还想写些什么样的小说呢？我不由得感到疑惑，便向他询问。

“现在，我的兴趣点在‘死亡’上面。请您放心，我并不是想要自杀。我的公寓后面有片墓地。从二楼的窗户望出去，隔着一片杂树丛，我能看见一大片的墓碑。那片墓地不像城市公墓那么整洁，更像是荒郊野外的古坟。看着它，我便不由自主地思考起‘死亡’这个主题。”

他说，开始独居以后，他重新回忆起已经亡故的双亲。每天他都会在小小的佛龛前双手合十，感谢双亲对自己的生育之恩。

“虽说我想把‘死亡’当成主题，但我并不想写纯文学，而是想写鬼怪故事一类的东西。事到如今，我终于感觉自己可以写出恐怖故事来了。我住的那间公寓其实还挺新的，但不知道为什么，墙壁和天花板上总有些不知哪里来的污迹，整个房间透着一种阴郁的氛围，有种随时会有诡异东西冒出来的感觉。第一次参观这个房间的时候，我并没怎么在意这些。结果现在，我家厕所的地面上时不时会出现像小孩手印一样的痕迹，水管里流出的水有时还会散发出腥臭味儿……"

写作时，O先生总喜欢让自己所处的环境变得跟小说世界里一模一样，借以模糊掉现实与小说间的界限。按照他的说法，他是从自己的居住环境中汲取"死亡"这一主题的。但果真如此吗？也许，"死亡"这个概念早已进入了他的潜意识，所以他才会有意搬到这样一间房子里的吧。我在心里猜想着这种可能性，但并未向他本人求证过。那一天，我们聊到这里就分开了。

过了一阵子，O先生撰写的一部短篇恐怖小说刊载在了某本文艺杂志上。小说的主人公刚刚开始独居，遇到了各种各样的怪异现象。O先生的文风总能完美呈现出小说的氛围，这甚至可以称为一种超能力。而这样的文风在恐怖小说这种文学体裁中，也呈现出了绝佳的阅读效果。紧张的氛围笼罩着整部作品，呈现出一种难以形容的不安与孤寂。被怪异现象吓坏了的主人公显得孤独、悲哀而又有点儿滑稽。

几个月后，同一本杂志又刊载了O先生的另外一部恐怖小说。也许他是打算跟同一个编辑连着合作几部，最后一并汇总出版成短篇小说集吧。这部作品比上一部更具幻想性与诡奇，我们甚至能从登场人物的心理活动中窥到一种对于死后世界的憧憬。

我打电话给O先生，想告诉他我对他作品的感想。

“现在，我好像终于能写出恐怖小说来了。不过之前我在写第一篇稿子的时候，总感觉大脑很难切换进写作模式。每天，为了写下第一行字，总要费上好大的劲儿呢。我想了各种各样的办法，才终于理解了登场人物的恐惧心理。”

办法?

“具体来讲，都想了哪些办法呢？”

“我去找了各种各样让我感到害怕的物件，堆在房间里面。比如，我会在网上搜集恐怖照片和画像，然后打印出来贴满一整面墙；再比如，我会到垃圾场翻找被人丢弃的日本人偶，再带回自己的房间。”

O先生原本不是个胆子很大的人。他和普通人一样，见到可怕的东西，也会觉得害怕。所以，其实他并不想搜集那么多恐怖物件摆在自己的房间里。但是为了小说，他认为自己不得不这么做。

“白天我基本在家里工作。晚上，我会带着笔记本电脑到墓地去写作。那片墓地可能没有管理员吧，反正我总能随意进出。那里没有路灯，周围还长着一圈杂树丛，所以四下里总是一片漆黑。等到眼睛适应黑暗以后，我会看见一排排长满青苔的墓碑立在夜色当中。那片墓地里面有个断坡，我每天夜里就坐在那个断坡上写作。”

我身边确实有不少人爱在深夜探访灵异之地。也许是因为我为专门刊载怪谈类小说的杂志撰稿，所以才会认识一群喜欢神秘现象的伙伴吧。尽管如此，在我认识的所有人里，会为写小说到墓地去的，O先生还是头一个。

“每当我处在漆黑一片的墓地时，总会紧张得喘不上来气。在那样的时刻，我深刻地认识到夜晚竟是那么黑，黑暗竟是那么可怕。因为太害怕了，我的双手一直在不停颤抖，字也一遍遍地打错。我无法自制地认定黑暗深处肯定藏着一些什么。明明那里只有我一个人，但我却总感觉有视线从周围聚集在我身上。只要稍微想象一下，我的皮肤就会起一层鸡皮疙瘩，只想马上拔腿就跑。但是，我越是陷入这种状态，写作就越顺利。文字从我的指尖不断流淌出来，就好像不是我自己在写，而是有人握着我的手在写一样。真的，我的手自己会动，源源不断地从我的体内深处输出着各种绝妙的描述。如果我关在房间里写的话，是绝对写不出那种东西的。那些语句连我自己看了都觉得惊艳。我对于小说登场人物被吓得魂飞魄散的心情完全感同身受。我一字一字地重重敲击键盘，将他们的心理状态写进小说里。”

他的声音颤抖着，好像在恐惧着什么。

“有时会有很诡异的事情发生。比如说，有的时候我正写着小说，忽然感觉背后有人走过。回头看时，我却只能看见一排排的墓碑，而看不见一个人影。再比如说，有的时候，黑暗深处会有窃窃私语传来。不知那是我的错觉，还是因为我太害怕所以产生了幻听，还是……黎明将近时，天空会一点点地亮起来。每到那时，我都会深深呼出一口气，想着，今晚算是平安度过了。每晚往墓地走的时候，我都会想：自己还能不能见到明天早上的太阳呢？我今晚会不会真的看见点儿什么？如果真的看见了，我会不会彻底疯掉？我真的非常害怕去墓地，但是为了小说，不去又不行。不到那个充满死亡气息的地方，我就写不出来。我不希望自己今后再也写不出东西。我想继续写小说，继续创造出好的东西，得到别人认可。我现在的生活里就只剩下这一件事了。”

我并不清楚O先生最初想要成为作家的动机。每个作家的初始创作冲动都各不相同——有人是被新人奖的奖金吸引，有人则是向往作家这个头衔。

“我从小就喜欢小说。我梦想着自己也能编织故事，带给别人感动，所以就一直朝着成为小说家的方向努力。每当翻开一个故事，我都能忘记日常生活，穿越到另外一个世界里去。真挺不可思议的，对吧？但是，轮到我自己要去写故事的时候，我却发现，必须得让自己的日常生活与作品世界融为一体才能进行创作。要是我也像大家一样拥有写小说的才华就好了。”

O先生在电话那头叹了口气。“您不是很有才华嘛。”我对他说，“您不但成功出道，还写下了那么多优秀的作品，结果却在这里哀叹自己没有才华，这岂不是太滑稽了吗？”但我的话似乎完全没有触动到他。

“聊得有点儿久了呢。差不多挂了吧。”

我们相互道别，挂断了电话。

那之后，他在半年间又写出了三篇恐怖小说。三篇全都刊载在杂志上，但显然一篇比一篇晦涩难懂起来。故事逻辑渐渐变得无法自圆其说，只有仿若噩梦般的幻想色彩益发突出。我猜，O先生正是因为曾与墓地中的无边暗夜赤诚相见，才不愿将那浓缩了的死亡气息写成一个通俗易读的故事，使之变成陈词滥调吧。在他的作品中，含义不明的自造词语越来越多，令人难以理解的逻辑也比比皆是。阅读时，就算进行逐行分析，读者也抓不住故事的逻辑走向。可当你刚刚感觉故事行文毫无要领、支离破碎的时候，突然间又会读到一段仿佛圣母满含慈爱之心娓娓道来的清澈语句。

这样的小说肯定会让普通人感到大惑不解吧，但是我却非常喜欢他这些毫无逻辑的短篇恐怖小说。因为，连同其中含义不明的地方一起，它们让我隐约瞥见了一个与我们次元相异的世界。那个世界是他在墓地中用自己的双眼亲自窥见的。他触碰到了彼岸的世界，而后一去不返。

O先生写过十几岁的少年，写过爱与爱的丧失，也写过人在与“死亡”对峙时的恐惧。写完所有这些以后，他的小说家生涯就此落下了帷幕。每当想起他时，我的脑海中都会浮现出黑夜中的墓地——他坐在那里，身体瘦弱不堪，但双眼却炯炯发光。正在写作的他，整个人散发出一种令人毛骨悚然的气息。在那无边暗夜中，只有键盘敲击声在不断回响。

O先生的遗体是在清晨被人发现的。死因是由过度的精神压力导致的心脏停搏。他到底看见了什么呢？据说，死去时，他脸上的表情是因恐惧而扭曲着的。人们说，他的遗体旁边放着一台笔记本电脑，上面还有写到一半的小说。只可惜我没能看到。据编辑说，那篇“小说”只是一堆含义不明的语句罢了。

第 2 章

小说家逃走了

一

前一阵子，我到外地旅行，顺路拜访了一位老友。我与他暌违多年，这次见面，他已结婚生子，过得十分幸福。当天他留我在他的家里共进晚餐，我便恭敬不如从命。

客厅里，电视中正在播放一部新电影的宣传片。朋友的夫人端着饭菜走进客厅，说：“我很喜欢的一个演员参演了这部电影，好想赶紧去看看啊。”

“我也很期待呢。我跟这部电影的原作小说家做过一次对谈，他叫Y先生。”我是一名小说家，虽然名气不大，收入却也足够维持生计。在出版业界里混得久了，我自然结识了各式各样的小说家，而Y先生便是其中之一。

那个宣传片的时长大约有三十秒。从影像片段当中，我隐约可以看出原作小说的风貌。

这部小说是Y先生出版的第三十五部，也是他最负盛名的一部佳作。

“拍成电影以后，原作是不是会卖得更好啊？”

“好像销量确实会上涨。”

“我真的很崇拜会写小说的人。小说家这种工作，只有受到神明特殊眷顾的大天才，才能干得了吧。他们和我们这样的凡夫俗子根本就不是同一人种，他们肯定都过得超级幸福吧。”

听了这位夫人的话，我一时间无言以对。

因为，到目前为止，我还从来没有见到过一个幸福的作家。

特别是Y先生。他与很多作家一样，过着与幸福完全无关的日子。

X X X

Y先生很年轻，比我小了整整两轮。他有一个出版界公认的特点，那就是“创作速度异常之快”。

巅峰期的时候，他一个月就能出版一本小说。当时，书店的新书专柜里面每个月都有他的作品，坊间甚至流传起了这样的阴谋论：“Y先生”其实并不是一个人，而是由多个写手所共用的笔名。

Y先生是个彻头彻尾的“蒙面作家”，既不参加出版社的聚会，也从未公开过自己的照片。他从不接随笔或书评的约稿，不写后记，也几乎不怎么接受采访。出版圈子内部见过他的人屈指可数，大家都觉得他神秘兮兮。当然，可能正是因为这样，说Y先生是“由多个写手所共用的笔名”的阴谋论才会显得有些可信。

话说回来，一个月就能出一本书的速度实在太恐怖了。因为，在这一个月的时间里，他不仅需要每天持续不断地写，还得设法挤出时间推敲文字、修改编辑返还的校样，以及构思下一部作品的梗概。就算他把生活中的每一分每一秒都拿来写作，感觉时间也是不够用的。

顺带说下我自己的速度——我一天能写满七张稿纸[①]，就算是好的了。在进展不顺利的日子里，我一天可能只写得出三张稿纸的量。有时我还会偷个小懒，心想昨天已经努力过了，要不今天还是出去玩吧。这导致我一年基本只能出一本书。

Y先生不仅写作速度快，能驾驭的小说类型也很多。世界上有一类作家，他们会将自己的毕生精力都奉

① 在日本，一般来讲一张稿纸上可以写约400个字。

献给某种特定的文学类型。比如，某些作家终其一生只写恋爱小说，某些作家则永远埋头创作本格推理[①]小说。但Y先生却与他们完全相反——人家上个月刚推出了一本言情剧一样的小说，这个月却改为写历史小说了；瞅瞅下个月的出版清单，一部科幻作品赫然在列。他每个月都在挑战各种不同的文学类型。

有些比较严厉的读者对他的评价并不高，说他的作品属于“广而浅”的类型。诚然，Y先生的小说大都挺有意思的，不管他写什么，都能让人津津有味地看完——但也仅此而已，没有更多惊喜了。

无论是哪种文学类型，Y先生与那些仿佛求道者般在同一条创作道路上不断探索、精益求精的作家相比，写出来的东西都显得有些不够深刻，容易被该领域的资深读者看轻。然而凡事皆有两面，他的作品虽然深度不够，但通俗性强，更容易被社会一般大众接受。很多读者正是在读了他的作品以后，才开始对某种文学类型感兴趣。对于他们来说，他的作品可谓是引领他们进入一片新天地的入门书。

① 本格推理是推理小说的一种流派，又可称为正宗、正统、古典派或传统派。以逻辑至上的推理解谜为主，与注重写实的社会派推理小说相对。通过逻辑推理展开惊险离奇的情节与耐人寻味的诡计，常有密室杀人或孤岛杀人等诡计类型。

这位写作速度令人叹为观止、什么文学类型都能信手拈来的小说制造者，到底是个怎样的人呢？其实我一直都对他挺好奇的。很幸运，我得到了一个认识他的机会。

那是好多年前的事了。有一天，我的责任编辑忽然对我提出了这样一个请求："您能不能跟Y老师做一次对谈？"

"Y老师为宣传新书，竟然同意接受杂志的采访了——这可是破天荒的头一遭。因为这次要出版的刚好是他的第三十本小说，很有纪念意义，所以他才会破例。您看怎么样？"

我那时刚好也有一本新书即将上市，责编之所以邀我与他进行对谈，也是为了顺便宣传我的新书。我自然没有拒绝的理由。

对谈当天，我提前来到了东京都内的一座高级酒店，在一个房间里面等待对谈开始。除我以外，我的责编与Y先生的责编、负责将对谈整理成稿的杂志撰稿人，以及摄影师等也都到了。一般而言，对谈都是借用出版社的会议室进行的，但是这次，杂志编辑部却不惜花重金租下了高级酒店里的一个房间。

Y先生要求不能露出他的长相，但编辑部却希望能将对谈的场景刊载在杂志上。为此，摄影师到现场以后，便开始寻找构图角度，以确保画面里只看得到我的表情，而不带入Y先生的身影。

所有人都已到位，现在只等Y先生到场，对谈便可开始。时间一分一秒地过去，原本定下的对谈时间到了，而Y先生还是没有现身。又过了十分钟，他那边甚至连一条说要迟到的信息都没发来。在场的所有人都不由担心起来。

“好奇怪啊。他的父母之前明明还联系我说，他们已坐上出租车，往酒店这边赶呢。”

Y先生的责任编辑是位女性。我问她：“是他父母联系您的？”

“是呀。Y老师的父母是他的经纪人，二老承担了一切与出版社联系的工作，Y老师只要专心写作就好。他们还说自己今天也会陪着Y老师一起过来呢。”

“原来如此。”

事实上，有时光是给编辑回封邮件就要花上半天左右的时间。如果他不把这些琐事全都丢给别人，自己埋头写作的话，肯定无法维持那样惊人的出版速度。

距离原定的对谈开始时间已经过去了一个小时。这时，Y先生责编的电话响了起来。

“啊？这样啊……那可真是难办了……”

接起电话后，她发出了倍感困惑的声音。电话那头的人，貌似正是Y先生的父母。通话结束后，她向我们解释道：“Y先生他，好像逃走了。”

“逃走了？”

房间里的所有人都异口同声地反问道。

据他的母亲说，这段时间以来，Y先生对于今天的对谈一直十分期待，但同时也深感不安，因此，刚才他一到酒店就逃走了。他的父母此刻正在寻找他的行踪。

“……事情就是这样，所以还得烦请您再等一下了。”

“我知道了。”

“非常抱歉。我也帮他的父母一起找找他。”Y先生的责编诚惶诚恐地说着，退出了房间。

接着，撰稿人与摄影师也跟出去帮她。转眼之间，房间里就只剩下我和我的责编两个人了。

“……那，我也跟着一起去找找吧。”我正要站起来，却被责编制止了。

“别，您还是老实留在这里待命吧。如果你们两边相互错过可就麻烦了。”

“您在说什么？我怎么能错过这么有意思的活动呢？”

“请您不要这么儿戏，能不能严肃一点儿！”

于是我只得不情不愿地留在房间里待命。

说起来，我确实不知道Y先生长什么样，就算一道找人，估计也帮不上什么忙。我其实很能理解那种害怕对谈、想要逃走的心情，但是，真将逃走付诸实施的人倒还真不多见。也许Y先生是个不大正常的人？想到这里，我不由得高兴起来。

在日本，干作家这行的人，在其内心不为人知的地方，往往有着某种扭曲之处。“小说家”这个职业，对于那些在精神或性格方面有极大缺陷、无法过上正常生活的人来说，堪称溺水前的最后一根稻草。由于干不了别的，他们这辈子都只能写小说，一直写到死为止。他们会牺牲掉自己生命中的各种珍贵事物，将全部的身家性命都奉献给小说这种艺术。我特别喜欢观察这些小说家出格的生活方式。

顺带一提，我自己其实是个很不彻底的人，活不出他们那样的人生。我总觉得，将自己的全部人生都奉献给写作这项事业，未免太过不幸。可能正因如此，我才会对那些具有“自我毁灭”倾向的作家仰慕不已吧。

没过多久，我听到责编的电话响了。电话是去找人的那伙人打来的，通知我们Y先生已经找到了。据说，是在附近一家商场的厕所里发现他的。大家找到他时，他正把自己关在小隔间里，双手抱膝，不停地颤抖着。

“Y老师这是第一次跟别人对谈，肯定是紧张坏了。总之，找到就好。”我的责编露出了放心的表情。

十分钟后，几个成年人打开房门走了进来。其中有杂志撰稿人、摄影师和Y先生的责任编辑，另外还有三个我没见过的人。

那三个人中有对中年男女，外加一个二十五六岁的青年。青年被中年男女夹在中间，仿佛被押解的犯人般，被强拖了进来。他整个人瘦骨嶙峋，一双眼睛不安地瞄着房间里的每一个人。这应该就是Y先生了。而从两侧夹住他的，应该就是充当他经纪人的父母大人了吧。Y先生和那对中年男女长得很像，所以应该错不了。三个人都穿着很正式的服装。

“实在对不起，我们来晚了。”

“都怪这个蠢货逃跑……”

Y先生的父母不断向我鞠躬致歉。他们俩的身形都微微发福。

“没关系的，没关系的，完全没关系的。”

我取出一张名片，递给表情僵硬的Y先生。他用颤抖的手接过名片，带着一副好像快要哭了的表情，冲我弯腰致歉。

“我……我来晚了……十分抱歉……”

这就是我与Y先生的初次见面。

二

这位出道三年就出版了三十本小说的青年，在整个对谈过程中都显得坐立不安。他缩着肩膀，坐在椅子上，目光怯生生地四处游荡。对谈开始后，杂志撰稿人轮流向我和Y先生提问，并用数码录音笔录下了全部对话内容。Y先生绝不是一个健谈的人，但回答问题时条理清晰、措辞得体，令我刮目相看。我之前遇到过一些完全无法沟通的小说家，他们的思考方式恍若外星生物。因此，今天能跟Y先生这样的人进行对谈，我不由得松了口气。

难得的是，他曾读过我的几篇小说。他说他这次会接受与我对谈，是因为自己在出道前曾参照着我的小说，学习如何搭建故事框架。对谈时，他真诚地讲述了对我作品的看法。

为了回应他的厚意，我也谈论起了他的作品。虽然我没读过他的全部作品，但处女作是看过的，此外也翻看过其他几本令我感兴趣的小说。一般而言，在这种场合中，只要拼命夸奖对方的作品就可以了。你夸我，我夸你，一场对谈下来，两个人都被彼此夸得心花怒放，大家也能一团和气地圆满收场。

杂志撰稿人问起了我对Y先生最新作品的感想。其实这部作品还未上市，为了这次对谈，我提前做了准备，事先拿着校样翻看过一遍。我与撰稿人你来我往地谈起了这本书的优点，比如这个场景很好、那个设定很妙等等。

忽然间，我注意到了Y先生的异样。他用双手捂住耳朵，浑身颤抖，脸色差得简直要变成紫色的了。

“您还好吗？”Y先生的责编问道。

“……差不多可不可以，别再聊我的小说了？要是再听下去，我觉得我就要吐了。”

他的父母原本坐在角落里，闻声立马站了起来。

“不好意思啊，这家伙好像不太能听别人聊自己的小说。”他的父亲诚惶诚恐地鞠躬致歉道。

他的母亲则怒气冲冲地对Y先生说：“人家这可是在夸奖你呢，你就忍一忍吧。”

Y先生表情阴郁地低下了头。

我和杂志撰稿人沉默片刻，转换了话题。看样子，我们还是不要谈论Y先生的作品为好。“你们在创作时，都受到了哪些作品的影响呢？”聊起这个以后，Y先生的脸色才逐渐恢复正常。我们就这样说着一些无关痛痒的话题，熬完了剩下的时间。

那天，对谈结束以后，我和Y先生简单地寒暄几句，便就此别过了。他将我的名片放进上衣口袋里，向我点头致意，离开了房间。我一直目送他的背影直至消失。

X X X

“……那天真是太抱歉了。因为我，整个现场的气氛都变得非常奇怪。我，非常厌恶我自己的小说。只要一想到内容那么差劲的书籍竟然招摇过市，还被那么多的人拿去阅读，我就觉得恶心。我会绝望地想，自己到底都干了些什么啊?！有时我会觉得过于羞耻，简直控制不住地想要抓烂自己全身的皮肤。其实对谈之前我是做过心理建设的，知道肯定会聊到我自己的小说。但结果还是……”第二次见到Y先生时，他对我说。

当时，除了我俩之外，房间里再也没有第三个人了。在这样的环境里，他才终于向我敞开了心扉。

“每当我看见哪家书店摆着我的书时，我都想一把火把那家店给烧了。我会咬牙切齿地想：他们为什么非把这种垃圾一样的小说摆在这里不可呢？要是哪家书店专门为我开设了一个专柜，还为我制作手写POP广告[①]，附上店员写下的推荐词……那我心里简直会涌起一股杀意。我真想冲过去质问他们：为什么要卖那样的垃圾?！”

对于我这种乏人问津的写作者来说，如果哪家书店肯为我张贴手写POP广告，那我肯定会像看到神明

① POP广告是指在各种营业现场设置的多种广告形式，旨在创造气氛、刺激消费。POP广告起源于20世纪60年代的美国超级市场，随后传播到世界各地。它形式多样，包括户外招牌、展板、橱窗海报、店内台牌、价目表、吊旗等。

为我垂下的蜘蛛之丝[①]一般感激涕零。但人家Y先生非但不感激，反而恨到心生杀意。由此可见此人果然与众不同。

我不由得感到好奇：到底是怎样的经历，才会让一个作家拥有这样的精神状态呢？

“我是在上大学的时候开始写小说的。说是上大学，其实上到一半我就不怎么去了，基本处于‘家里蹲’的状态……小的时候我也读过几本小说，但要说喜欢的话，我还是更喜欢漫画、游戏和外国影视剧那些东西，所以从来也没有想过要当什么作家。可是，有一天，我的父亲却突然拿着一本征集杂志问我：你要不要试着写写小说？……”

所谓征集杂志，指的是一种专门刊载各类征集信息的杂志，上面也有由各大出版社主办的小说新人奖的征稿信息，对于想当小说家的人来说，这种杂志可以用来筛选投稿目标，非常有用。

① 《蜘蛛之丝》是日本作家芥川龙之介创作的短篇小说，该作品讲述在极乐世界散步的释迦牟尼看到生前杀人放火的强盗犍陀多在地狱的血池中挣扎，回想到犍陀多曾经放生过一只蜘蛛，便大发慈悲想给犍陀多一次机会，于是将一根蛛丝投入地狱。犍陀多用尽力气沿蛛丝向上攀爬，但在中途休息时发现其他罪人也源源不断地尾随其后，便怒吼着赶他们下去。话音刚落，蛛丝便突然断开，犍陀多又重新掉入地狱的血池中。

出小说来啊？父亲之所以会建议我写小说，并不是因为发现我有写作天赋，只是因为觊觎杂志上写的奖金罢了。”

“当时我还以为他在开玩笑呢——我怎么可能写得出小说来啊？父亲之所以会建议我写小说，并不是因为发现我有写作天赋，只是因为觊觎杂志上写的奖金罢了。”

Y先生的父亲对于小说毫无兴趣。据说，当时的他因为赌博输了很多钱，致使一家人的生活陷入贫困。所以，看到征集杂志上刊载的奖金金额后，他不由得心痒难耐。而且，写小说和赛马、赛艇等不同，基本不需要任何本钱，尝试一下也不会对生活造成任何影响，万一写好了，还能获得一大笔钱。

“说来惭愧，那个时候我整天不去上学，就知道待在家里打网络游戏。所以，我在父母面前很抬不起头来，活得非常内疚。不过，尽管我这个人不学无术，却还算是有个一技之长，那就是通过网聊培养出的打字速度。打游戏的时候，我总是一边进行游戏操作，一边给好友发聊天消息。据说我打字的速度比所有人都快。要不是朋友告诉我，我自己都没有注意到这一点。”

用于思考的语言刚一浮现在脑海之中，他就能在下一秒将其打在电脑屏幕上。他的大脑好像是和电脑屏幕直接连在一起的，思考与打字之间毫无延时。

“但是我的父亲不会用电脑，连文字处理软件是什么都不知道。而且他也没有精力用手去写。所以他才会想到让我去写小说的吧。”

Y先生起初并不愿意，但父亲威胁他“要是不干，就从我的家里滚出去”，他这才不情不愿地遵从了父亲的指示。

然而，他并不知道小说该怎么写。首先，小说到底是什么呢？怎样的东西可以称之为小说呢？Y先生忽然想起，自己高中时从图书室借阅过我的小说。据说那是他为数不多的阅读记忆之一。他以我的小说为线索，开始摸索用文字编织故事的方法。

“我决定不管怎样都先试着写点儿什么。就算写得很烂，反正父亲他也看不出个好坏。所以我就抱着轻松的心态，一边用左手打网游，一边用右手写起了小说。”

他的左右手同时做两件完全不同的事情，这种超人级别的技能堪称他的独门绝活儿。据说，开写之前，他准备了两台电脑，一台用来打游戏，另一台用来写东西。然后他就左右开弓，几天之内就完成了自己的第一部小说。写完之后，他连遣词造句都没推敲，直接把小说打印出来给了父亲；而父亲也看都没看，直接就将稿子邮寄到杂志上写的出版社地址去了。

“我们就这样如法炮制了几回，凡是能在征集杂志上找到的新人奖，我们几乎投了个遍。每个奖项的侧重点各不相同，有的专门征集恋爱小说，有的则只要推理小说，所以我当时什么类型都得试着去写。为了拼凑内容，我努力回忆以前看过的漫画和外国影视剧。我从不事先构思情节，总是直接下笔，然后边写边想剧情应该如何展开。如果写不下去了，我就返回到前面的场景，换一种情节展开方式重新写过。”

估计从那时候开始，他的写作速度就异于常人了吧。因为写得足够快，所以就算需要进行大幅度的改写，也花不了多少时间、精力。比起提前搭好一个完美无缺的剧情梗概，再小心翼翼字斟句酌地下笔，他更适合这种不断试错、在写作过程中寻找正确答案的风格。

“我从没指望自己写的东西能得奖，但是，只要我在写小说，我就有种自己在为父亲做贡献的感觉，心里非常踏实。有了这件‘正事’可做，我就不会因为不去上课而愧疚了。那时候我完全没有想到，自己写的东西竟然真有人读。我想当然地以为，谁也不会看我送过去的稿件，那些稿子肯定直接就被扔进垃圾桶里去了——而且我也完全不觉得这样处理有什么问题。直到后来我才知道，有一批专门负责预审工作的老师，把我写的那些破烂文章全都从头到尾读了一遍。”

新人奖主办方收到的参评稿件数目惊人，不可能全部拿给担任评委的作家老师过目。因此，为了进行初步筛选，主办方会先搞一轮预审。出版社的编辑与受聘负责预审的各位老师会将所有来稿都通读一遍，然后留下有望获奖的作品，刷掉其他稿件。

Y先生的文章具有浅显易懂的特点。其中没有晦涩的表达方式，既好懂又抓人。他之所以能够写出这种文字，可能正是因为他从不读纯文学类作品，也不追求小说的艺术性吧。他就这样，在不经意间，确立起了一种毫无矫饰的白描文风。而在新人奖的评选过程当中，浅显易懂的文章是有天然优势的。

“有一天，我的父亲接到了出版社打来的电话，因为他在投稿时留的是自己的手机号码。令人难以置信的是，出版社说我的作品挺进了终评阶段。父亲喜出望外，母亲从父亲嘴里听说这件事后，也一个劲儿地夸我。我当时可真高兴啊，整个人都飘飘然了。那还是我这辈子头一回因为什么事而得到别人的认可呢。”

可惜的是，他那次的作品仅止步于终评阶段，没能获得奖金。不过没过多久，他们就相继接到了来自其他出版社的电话。

Y先生的参赛作品远没有他以为的那么糟糕，而是已经达到了相当高的水准。他已牢牢掌握了把展开的情节圆回来的能力。在以惊人速度不断写作的过程中，他已不知不觉地积累起了远超其他竞争者的经验，熟练掌握了构建故事的方法与诀窍。

“写完第一部小说大约一年之后，我斩获了新人奖，奖金金额是一百万日元。收到这个消息的时候，父亲和母亲紧紧地拥抱着我，哭了起来。他们说，我让他们感到自豪。那是我这辈子最快乐的一天。只可惜，那份喜悦很快就消失了，因为我听说获奖作品会被出版成书。我的父母听说出版之后还能得到一笔版税，更兴奋了，但是我的情绪却很低落。我写的那种破烂文章居然要被公然示众，岂不是太耻辱了?！”

他丝毫也不想让大众看到自己的作品。就这样，他身不由己地开始了自己的作家生涯，同时踏上了一条充满不幸的道路。

三

“我之所以会写小说，并不是因为我喜欢小说，而是因为父亲想让我挣奖金。拿到奖金以后，我本以为这就算是大功告成了。可我错了，让我万万没有想到的是，我成了一名‘小说家’，还得接着再写第二本、第三本……”

“那是肯定的呀。在出版社眼里，奖金就是他们撒下的诱饵，目的是捕获有潜力的作家苗子。他们最怕的就是那种领了奖金以后什么都不再写，直接退出文坛的人。”

在我租住的公寓大楼里，我与Y先生正面对面地坐在客厅聊天。他的手在微微颤抖，好像在恐惧着什么。

与上次对谈时的情形不同，此时此刻，我们身边既没有责编，也没有杂志撰稿人和摄影师。没有数码录音笔会将我们的对话录下，也没有他的父母大人在旁履行经纪人的职责。

透过客厅的窗户，我们可以望见外面的夜景。此刻已是深夜时分。我本打算拿酒给他，却被他谢绝了，于是我泡了杯咖啡放到他的面前。

“对我来说，从自己脑子里诞生出的文章被摆在店里、暴露在众人眼前，简直就像游街示众一样耻辱。为什么你们这些小说家可以那么淡定地面对这种事呢？”

“你自己不也是个小说家吗，Y先生？”

“我不是。请不要这么说。”

“你写了那么多的书，竟然还好意思说这种话？你的作品数量早就超过我的了吧。Y先生，你不是小说家，是什么呢？你到现在为止写过多少本小说了？”

“今天，我刚刚写完第三十五本小说的初稿。”

“今天距离咱们上次对谈只过了三个月啊。在短短三个月的时间里，到底要怎样才能写完五本小说呀？简直不可思议。”

“因为我一直拼了命地在写……”

我并不认为这是拼了命就能写出来的量，但人家Y先生就是可以。

“你能不能再跟我详细讲讲，你刚得奖那时候的事？”

Y先生抿了一口咖啡，凝望夜色，然后便安静地讲了起来。

黎明尚远，整个城市都沉没在一片黑暗之中。

X X X

我出道以后，首先发疯的是我的母亲。奖金前一天才刚刚进到我家银行的账户里面，她第二天就将它全换成了衣服、首饰。父亲非常生气，和她大吵起来。不过母亲也有她的道理。她说自己如果不赶紧把钱用掉的话，父亲肯定就会把它赌个精光。

父亲的怒火很快就平息了。因为他从我的责编口中得知，在我第一本书出版以后，我们到底可以得到多少版税。他兴奋得双眼变色，立刻催促我赶紧去写第二、第三本书。他好像以为，只要出书就能得到那么多钱。

我的第一反应是拒绝。毕竟，我很讨厌把自己的文章暴露在世人眼前。可是拒绝无用。母亲也开始和父亲联合起来，让我去写小说。我坚决不肯，父亲的拳头就落在了我的身上。他一边殴打我的脸，一边凶神恶煞地说："你不写，我就杀了你。"比起脸上的疼痛，父亲的表情更加让我感到恐惧。我没有继续忤逆他的勇气，于是顺从了父母的要求。

那个时候我还拥有一定程度的自由，只要在打网游的间隙写写小说就好。我的工作方式就是一边用左手打游戏，一边用右手打文章。由于我打字时基本无须看屏幕，所以在整个创作过程中，我的目光几乎都集中在游戏画面上。这样做肯定也很好地锻炼了我的大脑。

当时，我会一边用左手打游戏，一边用右手将脑子里构思的情节、角色对话打成文字。

但是，大约是在我写完第五本书那会儿吧，我失去了这样做的自由。因为我用来打网游的那台电脑，坏掉了……

有一天，我的父亲突然发起火来，把那台电脑扔出了窗户。

他对我说："写东西的时候不许玩游戏！"

我知道，在那些热爱小说的作家、编辑眼里，像我这种边打游戏边写小说的人，无疑是个对于写作事业毫无诚意的败类。但我的父亲冲我发火，却并不是因为我不尊重小说。

他觉得，我用左手打游戏，那么写作就只剩右手可用。因为游戏，我的写作速度整整慢了一倍。只要禁止我打游戏，就能迫使我把两只手都用于打字，这样一来，我的写作速度就能在现有基础之上翻倍。

只要出书，家里就能拿到与发行册数相对应的版税。我写得越多，家里的生活就会越宽裕。所以我的父亲打算通过提高我的写作速度，增加家庭收入。

当时，我并不知道我的小说到底卖得怎么样。我对书的初版发行册数毫不关心，也不清楚哪些作品后来又再版了。我把一切都交给了父母。

跟出版社打交道的工作，也全由我的父母承担。每当出版社想跟我约稿时，都会请我父母到高级餐厅去好好款待他们。而与此同时，我却必须继续留在家里写作。父母不断替我接下新的工作，还擅自替我跟出版社约定交稿日期，搞得我狼狈不堪。

父母替我办理了退学，几乎将我软禁起来，让我每天从早到晚不停地写。网游自然是不许玩了，为了防止我偷懒，他俩还会轮流到我房间里来看着我。就连我因为上厕所而暂时离开电脑屏幕，都必须先获得他们的批准才行。

玩游戏的权利被剥夺后，我的写作速度确实大幅提高了。用两只手一起打字时，我可以更加快速地将文章呈现在屏幕上。故事情景与登场人物的表情、动作和心情，上一秒钟刚刚浮现在我脑海里，下一秒钟就已化作了一连串的语言文字。我的房间里总是不断回荡着敲击键盘的声音，每过几天，就会有一个键盘因超负荷工作而魂归西天，而我也不得不再换一个新的键盘。

有时，当我集中精力写作时，双手打字的速度会超过大脑，抢在前面先行动。正常情况下，我本应先在脑子里构思好故事情节，再将其打出来，但这个过程发生了逆转——我的大脑正要构思一个什么情节，我的双手却抢先一步将其写了出来。看到屏幕上的文章后，我才知道，原来这本小说的情节是要这样发展的啊。当然，也有可能是因为我的大脑处于过度兴奋的状态，才产生了这样的错觉而已……

有时，我写烦了，为了转换心情，就会用左手和右手各写一篇小说。坐在我身后监视的父母肯定没有发现，我其实是在同时敲击着两个键盘，一边写着恋爱小说，一边写着恐怖小说。我在大脑当中同时构思着两个类型迥异的故事，并同时将其写下来。在这个过程中，我的大脑信息处理能力可能达到了极限，因为我感觉脑子里面开始发热，同时还窜过阵阵酥麻的刺痛感。

为了让我换换脑子，父母允许我每周外出一次，到附近的公园或车站前的商场走一走。我每次外出的时候，父亲或母亲一定会有一个跟在我的身边。他们估计是怕我逃跑，所以对我贴身监视吧。

我的父母已经彻底沦为金钱的奴隶。家里不知什么时候添了辆昂贵的外国汽车，又多了一堆大牌包包和大牌鞋。我从来没有因为他们擅自花掉我的版税而抱怨过什么。我自己并没有什么想要的东西，而且，用那样的小说换来的钱，我才不想用呢。

我的心里总有一种自己在实施诈骗的内疚感。我真心认为，自己写的小说并不具备那么大的价值。与其他小说家的作品相比，我的小说简直粗制滥造到了极点，应该受到所有人的唾弃。我总觉得自己是在通过欺骗读者赚钱。

外出时，如果途经书店，我总会看到展台上摆着一摞摞我自己的书。每当那景象映入眼帘，我都会被羞耻感和想要原地消失的心情淹没。如果我的手边有把手枪的话，我肯定会往自己的太阳穴里射入一发子弹。还好我用的是笔名。如果封面上印着我的真名的话，我可能会当场咬舌自尽。

我的小说是这个世界上最最没有价值的东西。它之所以会存在，都是因为有人逼我写下一些我根本就不想写的文章。因为出版社会进行宣传，所以就有读者上当受骗。我创作的小说都是些让人感到似曾相识的故事，只是略有调整罢了。我是个优秀的改编者，但从来都不是新事物的创造者。我的小说内容单薄，叫人读完以后立刻就会忘个一干二净。

那些真正有价值的小说，那些仿佛是被人从灵魂深处汲取出的小说，竟然要和我的小说摆在同一个架子上，这真让我感到抱歉。我打心眼儿里不愿意看到这样的事情发生。我的书污染了书店的架子，我的小说给整个出版界抹了黑。所以，看到书店员工给我的书制作POP广告时，我才会心生杀意。

我心里的这种感受，我的父母从未察觉。

他们只是一个劲儿地命令我："快写！"

刚开始那会儿，父亲和母亲还是感激我的。他们会笑着跟我说，多亏了我，家里的生活才能变得这么富裕。我之前因为不去上学，给家里添了不少麻烦，因此，听到他们这么说，我的心里非常欣慰。我觉得自己终于能够回报父母的养育之恩了。

然而，随着生活水平不断提高，父母对我的态度却越来越粗暴。我写小说给家里挣钱成了天经地义的事，没有人再对我表示感谢。

有时，我写东西写得腻烦透了，便会把自己关在厕所里休息一会儿。但是，我的父亲总会很快赶来，捣毁门锁，揪住我的衣服前襟，对我动粗。给我写！给我写！我承受着落在脸颊与肚子上的拳头，耳中不断回荡着他这句话。

出道两年半后，我们搬了家。新家位于东京都内一栋高级公寓楼的七层，地理位置绝佳，从窗口望出去，景色开阔美丽。房子的建筑总面积非常大，有好几个房间，而其中一个房间就是父母关住我、逼我在里面写东西的“牢房”。

我有两个表兄弟，我的父母花钱雇他们住在家里，专门负责监视我。他俩都没有工作，估计也没其他地方可去吧。他俩就这样整天盘腿坐在我那间“牢房”的地板上，要么玩手机，要么抽烟。我完全无路可逃。我那两个表兄弟的力气都比我的大上许多，一看就是惯于打架斗殴的人。

从那个时候开始，我就产生了放弃写作，远走他乡的想法。我的心里有种危机感，害怕自己再这样下去会沦为一架机器，每天生产着毫无价值的小说，就这样过完一生。

在我的第三十本小说马上要出版时，出版社问我能不能做一次对谈。虽然在那之前，我从来没有接受过任何采访或是对谈，但那一回，我的父母大概觉得做次对谈可以趁机宣传一下我的新书，从而带来更多的利益吧，所以他们问也没问我的意思，就接受了那个邀请。这才有了后来我和您的那次对谈。

当天，我被父母带着来到举行对谈的酒店。一下出租车，我逮到个空子就逃了。

我并不知道自己该上哪儿去，只知道拼了命地朝前跑。总之我就是想要远离父母，逃离出版的世界。不过，由于我平时都不怎么运动，所以没跑多远就立刻被抓了回去……

那天真是给您添麻烦了，实在抱歉。怕您误会，我想告诉您，选您作为对谈对象是我自己的意思。他们当时问我想跟谁对谈，我就说了您的名字。而且，那天我说我是您的粉丝，这话也是真的。

不过那天我也扯了个谎——我说我是因为害怕对谈才逃跑的，但真相是，我只想从小说的世界中彻底逃走。

四

我出版了三十本书后，家里的生活水平有了飞跃性的提升。虽然我不了解详情，但据说我的好几本书多次再版，带来的收入让家里人甚至享受到了不逊于富裕阶层的奢侈生活。我的父母会到高级餐厅享受美酒美食，而且点菜时从不关心价格；他俩还会让表兄、表弟负责看着我，自己跑到国外旅行。

至于我呢，我一直被关在房间里，每天从早到晚地写小说。怨愤在我的心中越积越多，我逐渐对“小说”这种文学体裁恨之入骨。“都是因为世界上有小说，我才会失去自由的！”“都怪小说，我的人生才会受到束缚！”这样的声音开始在我心里咕嘟咕嘟地冒出来。

但是我又不能不写。如果不写的话，我就会受到非人的对待。说出来可能没有人信，如果哪天我写不完规定的字数，他们就不给我饭吃，不让我冲澡，也不许我睡觉。这是我的父母为了压榨我，从我这里稳定地拿到小说和收益而制定的规则。

不过，就算是在这样密不透风的生活当中，我仍保有进行一项娱乐活动的权利——为了写作，我需要查阅资料，因此我的电脑是能上网的。我借口给小说找参考素材，时常在写作的时候播放电影或电视剧。我的视野被分成两半，其中一半是影视剧，另一半是用于写作的文档窗口。我一边用余光追逐电影的故事情节，用大脑分析剧本结构，用心灵感受台词的温度，一边在文档中写下自己的小说。我之所以能在严密的监禁状态下写出各类丰富多彩的小说，都是因为我还能从各种各样的影视作品中汲取营养。

跟您做完对谈大概一周后，有一天，一个足以使我们这个家分崩离析的巨大危机从天而降。父亲投资失败是危机的导火索。

估计父亲是有点儿膨胀了。为了资产增值，他将手伸向了一种对于新手来讲难度过高的投资方式。最开始他好像还真赚了些钱，但他没能及时抽身，等到反应过来的时候，他已经身负巨债了。

母亲出离愤怒，和父亲吵得不可开交。虽然我马上会有一笔版税入账，但就算加上那笔钱，我们也很难还清债务。和母亲大吵一架后，父亲在我面前双膝下跪，对我说："求你了，再多写点儿小说吧。用比之前快上两倍，不，三倍的速度，再多写点儿小说吧。如果你不肯，我就杀了你，然后自杀。"

品尝过有钱人的生活后，父亲大概是再也不愿回到原来那种生活里去了。

"但我做不到啊。我绝不可能写得比现在更快了。"

"你可以的。你啊，不是总在那里反复重写吗？你不总是把已经写出来的段落整个儿删掉，然后重写一段内容和之前差不多的吗？如果你以后不再费这个劲儿，你的写作速度肯定还能更快。”

听父亲这么说，母亲也附和道：“是呀。我在你后头看的时候也注意到了。多可惜呀！那可是你好不容易写出来的文章啊。把它删了，不就等于在往外扔钱吗？”

我的写作方式就是不经思考直接下笔，写的时候感觉不对就返回前面修改重写，如此这般循环往复。有几次，我都快要写到大结局了，却发现故事圆不回来，便只得返回小说开头重写一遍。我就这样仿佛寻路般写了又删，删了又写，不知要浪费掉多少文字，才能完成一部比较像样的作品。我没有天赋，不这么做根本无法维持作品的质量。虽然做到这个份儿上，我还是怀疑自己的作品是否具有商品价值。但无论它值与不值，都终归是要出版面世的。因此，我总还是想尽可能地通过修改，让它变得更好一点儿。然而，我的父母却完全不能理解我的这份心情。

“喂，我说，不管你再怎么重写，最后其实也都没什么区别吧？买书的人都是买了以后才能读到内容的，对吧？他们在买的时候就已经付过钱了，所以不管你的书写成什么样，该赚的钱咱们都已经赚到了。就算你什么都不改，我们也可以拿到钱啊。”

“对呀，你就别再那么一遍遍地重新写了，尽可能多出几本书比什么都强。只要配上好看的封面，再让出版社给好好宣传一下，肯定就会有很多人来买你的书。毕竟，买书的人又不是先看过内容才买的嘛。不管书的内容怎么样，只要宣传到位，就能卖得出去。你根本就没有必要一遍遍地重新写啊。”

我简直要怀疑自己的耳朵了。看样子，我的父母说的都是真心话。意识到这一点的瞬间，我愤怒得失去了理智。回过神时，我发现自己已经朝他们猛扑过去了。

我大喊大叫，发疯似的把整个房间折腾了个天翻地覆。不过，一直守候在旁的两个表兄弟很快就冲了上来，死死地压住我，把我打得差点儿断气……

当时，我真的超级超级不甘心。我的小说没有价值，这我自己也知道啊。我知道它们都是一些毫无意义的故事，缺乏艺术性，就算出版面世也无法对世界造成什么影响，最多也就是成为供一些读者消费的快餐。但即便如此，我也还是无法原谅我父母说出的话。愤怒在我体内翻腾，几乎要把我的五脏六腑搅成一团。我的感情为何会受到这么大的刺激？想到这里，我忽然意识到了一件事——虽然绕了这么大的一个圈子，但我终于还是想明白了这件事——那就是，我远比自己以为的更加喜欢小说、爱着小说。

真是奇怪，我明明每天都被人逼着写作，对小说早就恨之入骨了才对啊。我原本并不怎么喜欢读书，但在不断写作的过程中，小说这种东西已经逐渐成了我生命的一部分。正因如此，听到父母说出那种没心没肺的话，我才会感到那样愤怒并奋起反抗。为了守护小说的尊严，我发疯般地揪住了他们。对于自己的所作所为，我感到无比自豪。

X X X

“……在那之后，我又接着写起了小说。我并没有降低写作质量，但写作速度却比之前更快了。”Y先生说。

他已经讲了很久，咖啡都凉透了。

“今天晚上……其实也就是几个小时前，我完成了第三十五本小说的初稿。”

“原来如此，那可真要恭喜您了。”

“我在写这本书的时候，品尝到了一种很神奇的滋味。我也有点儿形容不出，反正就是，我基本上全程没有进行修改，故事好像自己长出来的似的，就那样自然而然地完成了。所有的登场人物都有机地结合在一起，环环相扣地推进着故事的发展。我仿佛沉入深海般内心宁静而又专注，边写边探索自己的内心深处。在某些瞬间，我看到笔下流淌出的文字才忽然意识到自己原来是这样想的。我第一次意识到，那些以写小说为业的人，在工作时可能总是处于这样的状态中呢。”

“所以，从这个意义上说，Y 先生是在创作自己的第三十五本小说时，才终于成了一名真正的小说家。”

“可能还真是呢。写完以后，我的心里无限感慨，非常满足。所以我决定，就让一切结束在这里吧。外面天已经黑了，我的房间里也没人看守。我的房门平时总是被他们从走廊那边反锁上，只有我要上厕所时才会给我打开。我按下了打印按钮，然后趁着打印机工作的间隙，换上了件像样的衣服——就是我在和您对谈那天穿的那件夹克。毕竟要走了，我总归还是希望可以穿着得体些的衣服上路。等到所有稿件都打印完毕以后，我把稿纸整齐地摞在桌上，走到了阳台上。我心一横，从公寓楼的七层，跳了下去。”

“您是打算跳楼自杀吗？”

“是的。但不知怎么搞的，我竟活了下来。公寓楼下边长着茂密的树，我的身体往下掉的过程中不断地砸在树枝上，一直伴随着树枝断裂的咔嚓声。估计正是因为这样，我的下坠速度才得以大大减缓。而且，在我掉下去的那个地方，刚好是放垃圾的位置，当时那里堆满了公寓住客丢出去的大垃圾袋，堆得像座小山一样。着地的一瞬间，我被一阵极强烈的撞击感搞得气都喘不上来了，但我既没有失去意识，也没受多大的伤。”

“这也太巧了吧。”

“真是难以置信，我当时都笑出来了。不过，直到现在我的手还在因为恐惧而发抖呢。我记得身体落到地上时的感觉。那个瞬间，我确确实实地死了一回。”

浑身裹满垃圾的Y先生站了起来。

据说，他掉落时发出了巨大的声响，没过一会儿，公寓楼的窗户便一个个地亮起了灯，居民们纷纷走到阳台上，低头看Y先生。

“我不想回到那个房间里去。但是该上哪儿呢？我的心里一片茫然。我把双手插进兜里，忽然摸到了老师您的名片。就是对谈那次您送我的那一张。我正是靠着印在名片上的地址，才一路走到这里来的。”

大约两个小时前，Y先生来到我住的公寓，按响了我家的门铃。他的样子奇怪极了——头发乱糟糟的，脸颊沾着泥土，夹克好像在哪儿被狠狠剐过，破破烂烂的。他整个人散发出一股垃圾的臭味，但表情却出奇地愉快。时间已是深夜，但由于我总过着昼夜颠倒的日子，这会儿倒还完全不困。因此，我招呼他进门，问他到底发生了什么。

“我身上没钱，打不了车，所以只能徒步走到这里。”

“走得很辛苦吧？”

“不，我一路都在品尝自由的滋味。这可真是久违了呀。”

Y先生深深地坐在椅子里，心满意足地呼出一口气，转脸看向窗户。他仿佛觉得晃眼似的，眯缝起了眼睛。

从我的房间向外望去，可以看见大片开阔的城市。东方的天空不知何时已经亮起，太阳现身，向整个世界洒下光辉。清晨到了。

在接下来的一段时间里，我将Y先生藏了起来，就连对自己的责编也没提起这件事情。可以想见，他的父母肯定正在搜寻他的行踪。我怕责编与责编之间相互传话，会让消息走漏到他父母耳中。

Y先生渴望自己能在一个与图书出版绝缘的世界中静悄悄地生活下去。而我想要满足他的这个心愿。我的一部分动机当然是助人为乐的善意，但与此同时，更包含了一种看热闹的心态——我很想亲眼观赏一下，他那奇妙的人生到底将走向何方。我建议他逃到九州的一个小城市去，Y先生听了以后欣然应允。他在那座小城租下一间公寓，决定开始一个人生活。

在办理住民票[①]的迁移手续时，他提交了限制查看的申请[②]。这样一来，住民票信息就不能被除他以外的任何人看到了。自此以后，他再也无须担心别人查到他当下的住址。随后，他又申请从原户籍中脱离出来，新建立了一个只有他自己的新户籍。这是为了将来和某人结婚的时候，不会被他家里的人察觉。[③]

最后，他给父母写了一封简短的信，寄了回去。

“请不要找我。只要你们不找我，我就答应放弃所有小说的版权。”

---

① 住民票是日本的一种户籍证明文件，记录了个人的基本信息，如姓名、出生日期、地址等。它在日本非常重要，申请驾照、办理银行账户、就业等都需要用到住民票。

② 当一个人迁移住民票时，可能出于隐私保护的考虑，希望限制某些人查看其住民票信息。在这种情况下，可以向市政府区公所提交“限制查看”的申请。

③ 日本户籍编成是以夫妻为单位的，其中包括夫妻与其未婚子女。当子女结婚时，就会从原有户籍脱离出去，与配偶形成新的户籍。即使没有结婚，只要子女年满18周岁，就可以申请从原有户籍脱离出去，新建立一个只有自己的户籍。

信的内容大致如上。他没写自己的新住址，并且，为了防止父母通过邮戳看出他住在哪里，他还专门选择在旅途中的某个城市将信寄出。

就这样，他与父母断绝了关系，同时也与作为小说家的生活彻底诀别。

原本，书店里几乎每个月都有Y先生的新作上架，但在他的第三十五本小说出版后，市场上便再也看不到他的新书了。Y先生的作家生涯只有短短的三年零三个月，但刊行数目却达到了三十五本之多，实在叫人瞠目结舌。在他的作品中，尤数最后一部作品最为精彩，不仅广大读者喜欢，书评家也赞不绝口。

后来，我曾不露声色地跟我的责编打听过一次Y先生的父母怎么样了。据传言，他们靠着Y先生的版税收入侥幸免于破产。不过他们再也过不上挥金如土的日子，只能回归平淡生活了。

据说有一天，他的父母带着一部小说原稿，去找了曾经担任Y先生责编的那位女士。他们坚称那是Y先生的新作，但明眼人一看就知道，那部小说是外行人写的，非常差劲。也许这是Y先生的父母找他那两个表兄弟写的也说不定呢。那部小说写得幼稚且支离破碎，完全不知所云，甚至称不上是一部小说。听了这事以后，我不由得心中一阵痛快。

虽然Y先生总对自己的作品感到自卑，但客观来讲，他的作品早已超越了外行人的水准，是货真价实的好小说。他拥有足够的写作功力，既能吊起读者的胃口，让他们迫不及待地读下去，同时也能拨动他们的心弦，使他们深受感动，最后还能收回所有伏笔，给故事画上完美的句号。Y先生的父母大概直到最后，才意识到自己的儿子原来是个稀有的人才。

自那以后，我和Y先生每年都会打上几个电话。他在逃亡期间的所有花销，都是我想办法筹措来的。为了还钱，他去找了工作。他自学编程语言，并成功进入了一家软件开发公司。用他的话讲，写小说与编程在根本上有相似之处，因此他在新工作中也能充分运用自己在当小说家时积攒下的经验。虽然我不知道他编制的程序是什么样子的，但我知道，他工作时的速度一定十分骇人，一个人能干出好几个人的活儿。相应地，他的工资也逐步提高。后来，他和一个女同事开始交往，并最终顺利步入婚姻，有了孩子。

我问他："你不再写小说了吗？"

"您别逗我了。我早就写得够够的了。"

他的声音听上去十分明朗。

X X X

“我真的很崇拜会写小说的人。小说家这种工作，只有受到神明特殊眷顾的大天才，才能干得了吧。他们和我们这样的凡夫俗子根本就不是同一人种，他们肯定都过得超级幸福吧。”

听到老友的夫人这样讲，我不由得无言以对。

稍加思考之后，我回答说：“有的时候啊，可能还是不写小说的人过得比较幸福。”

“真的吗？”

到外地旅行时，我顺路去拜访了一位老友的家，还和他们一起吃了晚饭。朋友夫人做的饭菜非常可口，他本人的状态看上去也相当不错，叫我甚感欣慰。

我们喝着酒，一边谈笑，一边偶尔看一眼始终开着的电视。电视上正在播放某档综艺节目。节目嘉宾是某位演员，他正在为自己的新电影进行宣传。他宣传的，刚好就是我们刚才在广告里看到的那一部——以Y先生的第三十五部小说为原作改编成的电影。

夫人忽然开口说：“作品被拍成电影以后，原作者是不是有特权可以见到电影里的演员啊？真羡慕啊。我超喜欢这个演员的，真想见见他啊。”

我看了看那位朋友。只见他不去看自己的妻子，只管装出一副什么也没听见的样子，兀自逗弄起小婴儿来。他在和妻子结婚时，并未坦白自己的过去。在向妻子介绍和我的关系时，也只是非常含糊地说，我们是通过之前的工作认识的。他的夫人并不知道，自己的结婚对象就是那部电影的原作者本人。她只是一个劲儿地嘟囔着：“真羡慕那些写小说的人啊。”

第3章

奇

一

奇

翻阅读者来信时，我看到了这样一段内容：

“老师，请您帮帮我。自打在旧书店买了一本小说，我总感觉家里有动物在走来走去。我并没有养宠物，但睡觉时，总能听到枕边有条狗在呼哧呼哧地喘气。有时我会起床开灯，看看到底是怎么回事。当然，房间里什么也没有。可是，我在旧书店买的那本小说的周围却变得湿乎乎的，好像有狗在那里滴了很多口水。”

我的工作是为怪谈类的杂志撰稿。因此，

在我收到的读者来信中，提及心灵现象[①]逸闻的信件为数不少。

这位读者说他买到的书，貌似“有奇异现象”，他问我旧书店里的书基本是从别人手里收来的，因此有异常的概率是不是会比较大，并说如果想避免发生异常，大家在买小说的时候，最好还是应该避开旧书，到书店里去买新书。

还有另外一位读者也给我写过类似的信：

“有天，我从书店买了一本小说。那天以后，我的身边就开始怪事不断。我住在一栋禁止养宠物的公寓里，可一到半夜，我的房间里就会响起猫叫。我确定那不是我的幻听，因为有邻居找我投诉，问我是不是在家里偷养了猫。这就说明，听到猫叫声的不止我自己，还有我的邻居。我猜那只猫可能藏在家具之间，于是就在整个家里仔仔细细地找了一遍，结果什么也没找到。我感觉后背发凉，随手拿起之前读到一半的小说，竟闻到书页之间散发出一股猫尿的味道。这下真相大白了：原

① 此处的“心灵现象”亦称“超心理现象”，包括超感知觉和心灵致动两类。前者属认知领域，如千里眼、传心术、预知术等，因被认为不是通过正常感觉通道而得来的，故称超感知觉。后者属实体领域，如在远距离之外移动物体，或不通过任何物理的干预，只凭心理影响改变一个物体的状态。

来这书才是罪魁祸首。我害怕起来，当即把那本书给扔了。结果，围绕在我身边的怪事，一下子就全消失了。”

这样看来，从书店里买来的新书，也是有可能会发生奇异现象的。但为什么会这样呢？也许问题出在运输过程中的某个环节，例如，装着书的卡车有可能在行驶时不小心轧了只猫？

所以，即使不买旧书，也有一定概率会遇到这样的怪事？

这两封信是由两个不同的人写的。他们住得很远，笔迹也不相同，二人应该并不认识彼此。我本以为，两个毫无关系的人，只是凑巧都遇到了相似的事，又凑巧都把那件事写在信里告诉了我。但没过多久，我又在网上看到了如下这段内容：

“我家的狗近来忽然性情大变。它会突然露出恐惧的表情，接着又会突然狂吠起来。前阵子我从网上买了本小说，它总是冲着那本书发出吼叫，我不明白这到底是为什么。那是一本很普通的小说，内容也并不是很有意思。但只要我一翻开那本书，我家的狗就绝对不会靠近我，只会在远处担忧地盯着我看。我觉得很瘆人，读到一半就把那本书卖给了我家附近的一家旧书店，然后我家的狗就正常了。”

出于工作需要，我时常在网上四处浏览，寻找有可能成为小说素材的奇闻逸事。随着浏览量的增加，我发现，从几年前开始，网上就时不时会出现这种分享亲身经历且内容相似的帖子。

“最近一个月左右，我的房间总是莫名变得臭烘烘的，充满了狗的肛门腺味和猫的屎尿味。夜里睡觉的时候，我总感觉被褥上面有压迫感，好像有猫或狗压在上面似的。坐在椅子上的时候，我时不时会感觉有个毛茸茸的东西在我脚边窜来窜去，使我毛骨悚然。当然，我既没养猫也没养狗。前几天，有个朋友来我家玩，貌似看到了类似仓鼠的东西。他告诉我，当时，他刚刚走进厕所，就看到整个屋顶密密麻麻地爬满了仓鼠。他惨叫着逃出厕所，回头再看一眼，却发现仓鼠已经消失不见了。我有点儿害怕，开始考虑要不要换个房子，但就在这个时候，我发现，我家只有书架周围留有很多形似动物脚印的痕迹。我赶紧把书架上的所有书都处理掉了。书架空了以后，我家立刻就不臭了，而且再也没有出过怪事。我觉得，肯定是我书架上的某一本书受到了‘诅咒’。”

在那些帖子里，“书与动物的幻影”这个组合不知为何频频出现。也许，所有那些“亲身经历”都是编的——最初是某个人突发奇想，编了一个包含书与动物的幻影两种元素的故事，后来很多人就有样学样，又写了一堆与之相似的其他故事吧。又或许，这个世界上真的存在着具有某种奇异现象的书，一些人浑然不觉地将它们卖到旧书店，又有一些人浑然不觉地从旧书店里将它们买回来，致使它们在全国各地辗转流动，不停地折磨着不同的人。不过，有些人明明是在书店买的新书，家里却也出现了异常的现象。这样看来，这种现象并不是因为书在多人间辗转易手导致的了。

说起来，我看到的那些逸闻的讲述者都认定异常的原因是书。而实际上，可能还有更多的人也遭到了这种奇异现象的折磨，只是没意识到书才是罪魁祸首而已。

为了解开这个谜团，我决定行动起来。当然，我这么做并不是因为担心那些被奇异现象困扰的人，而是为了找到些可以用来写小说的素材。

首先，我给那两个写信给我的人寄了回信。在回信里，我感谢他们作为读者对我的长期支持，同时也感谢他们分享有关奇异现象的逸闻。此外，我还问了他们，到底是哪本书引发了这种异常。

过了大约十天，我收到了他们两个人发来的邮件。信中说，他们购买的并不是同一本书，但令人惊讶的是，那两本书都是幻想小说，且都出自同一个作者。作者的名字叫K，貌似是个三十岁不到的男性作家。要不是那两个人不约而同都提到了K这个名字，我是绝想不到这种巧合的。

K到底是个什么样的作家呢？看到他的名字后，我并未第一时间想起有这么个人。可是，当我开始在网上查阅他的资料时，立刻就回忆起来了——啊，原来是那位K老师呀！我的心里涌上一股怀念之情。

在K只有十几岁的时候，我曾在出版社举办的一个聚会上见到过他，当时的他刚刚获得某项恐怖小说的新人奖。不过，他出版了三本小说后就在我的视野中消失了，而我也把他这个人给忘了。看样子，他是在我没关注他的时候悄然放弃了恐怖小说，改写幻想小说了。

出于好奇，我想从网上买几本他的书来读读，却发现那些书都已经绝版了。读者对于他的作品，评价全都非常不好。由于销量不佳，那些书无一再版，也没有被制作成电子书。没法子，我只好转而寻找、订购在售的旧书。

那位名叫K的作家是十几年前在文坛出道的。当时，他一边在东京都内的高中上学，一边瞒着家人和朋友写了一部小说，并投稿给一个恐怖小说新人比赛，最终成功获奖。那部小说情节稍显粗糙，有些地方甚至谈得上突兀，不能算是一部很成熟的作品。但是，该奖项的评委认为，那部作品中隐约透露出一种不寻常的、动人心魄的力量，也算颇为难得。就这样，它有些侥幸地获得了当年的新人奖。

他的处女作题名为《奇》，这是从“危险”或“禁忌”这两个词语当中抽取出来的共通音节。[①]

当时我也粗略地看过一遍那部小说。我记得，小说里充斥着骇人的残酷描写，搞得我差点儿吐出来。文章中的生命毫无尊严可言，登场人物随时都有可能轻易死掉。作品内容仿佛是在故意挑衅着世间的道德。

《奇》这部小说的主人公是一个没有名字的青年。首先他会冲动杀人，然后为了逃避警察的搜捕，又会不断踏上旅途。每去一个地方，他都会再次杀人、抢夺财物，然后藏在某个隐蔽的角落。后来，青年喜欢上了艺

---

① K的处女作标题日语原文是片假名“キ”，它的发音为“ki”，与“奇”的发音一样。“危险”发音为“kiken”，“禁忌”发音为“kinki”，其中都有“ki”这个音节。

术，开始用血液作颜料，进行绘画创作。不知不觉间，主人公已经不再是为了生活而杀人，而是为了绘画而杀人。

凡是读过《奇》的人，无不对作者那种异常的精神状态感到担忧。大家都很担心，这位年轻的小作家会不会在不远的将来成为一个罪犯。

正因如此，当有人在出版社举办的聚会上将一个开朗可亲的年轻人介绍给我时，我才会感到那么惊讶。

“初次见面，请多关照。我是此次有幸出道成为作家的K，十分荣幸能见到您，我一直都很爱读您的作品。您到底是怎么构思出那些情节的呢？还望您能不吝赐教。”

责编引荐给我的这位名叫K的作家，十几岁，举止彬彬有礼，给人的初印象甚是得体。跟我这种一到人多的地方就怯场的家伙相比，K显得游刃有余多了，大大方方地与各位初次见面的作家前辈进行交流。他长得眉清目秀，身形高挑，周身散发着一种干净清爽的气质，一看就是那种在班里被大家众星捧月般喜爱的好学生。

这个开朗可亲的年轻人写下了那样的小说？我得承认，当时我的脑子里一片混乱。

我跟K一共只见过那么一次。当时我们并未交换联络方式，后来也没再联系过。

时间一晃来到现在。

我之前从二手书网站上买到了他写过的所有书，并于今天收到了它们，总共五本。我将它们按照出版时间的先后顺序依次排开：

《奇》
《包》
《恶心》

这三本是他还在写恐怖小说时创作的作品，每本都充满了猎奇趣味，令人感到寒气逼人。后来，他改写幻想小说后出版了下面这两本书：

《花上露珠的幻想曲》
《你和我是好朋友》

我粗略地翻了翻这两本幻想小说，并未看到他前期作品中那种仿佛恐怖电影般令人恶心的情节，完全可以作为健康的读物来看。他到底经历了怎样的心境变化呢？这两本与前三本的风格差异之大，简直让人怀疑是否真的出自同一人之手。

另外，那两个被异常现象搅扰的读者，买下的书分别是《花上露珠的幻想曲》与《你和我是好朋友》。这倒令我有些意外：要说奇异这种事，感觉还是跟恐怖小说更为搭调。但现在看来，引发奇异事件的元凶，或许是那两本内容健全的幻想小说。

话说回来，所谓奇异，有没有可能不是作为物质附着在书页上，而是来自作为精神产物的小说中的？如果真是这样的话，那些动物幻影紧紧抓住的到底是小说里的哪段文字呢？当那些文字被印成一本本书时，小说中的动物幻影，是不是也会跟着小说印数一起成倍增加？又或者，小说根本没有什么问题，只是读者疑心生暗鬼？

我放松地窝在沙发里，哗啦啦地翻起K的书。

忽然，不知从哪里传来了狗的叫声。

我走上阳台，低头看向下方的小巷，看到有个人正在那里遛狗。原来刚才的声音是那只狗发出来的，我不由得松了口气。

二

我今天来到一所距市中心稍远的大学，在校内的自助餐厅等了一会儿后，便等到了I女士。她在这所大学担任办事员，三十五六岁的样子，美丽到可以令所有人都回头行注目礼的程度。她的身段纤细窈窕，举手投足间尽显优雅。她将脑后长长的头发编成辫子，看起来仿佛是从欧洲中世纪油画里走出来的人物，散发出一种哥特式的气质。

我觉得她有些眼熟，便问："我们以前是不是见过？"

"是呢，我在出版社举办的聚会上跟您打过招呼。"

她以前曾作为自由编辑在出版社工作过一段时间，负责几个文艺作家的小说出版工作，而K就是那几个作家中的一员。他的作品《奇》《包》《恶心》当中都有她的贡献。

对K展开调查后，我向几位编辑探听消息，了解到K当时的责任编辑是I女士。我找到她的联络方式，与她取得联系，并成功邀请她在工作间隙和我见面聊上一会儿。见面后，我和她先闲谈了一阵，聊最近的出版业界趣事和我们共同认识的编辑等；接着我便进入正题，请她跟我讲讲那位名叫K的作家。见面之前，我在邮件中也跟她提出过这个请求。

她端起自助餐厅的咖啡杯送往唇边，她那长长的睫毛显得十分魅惑。停了一会儿后，她神情严肃地开始叙述。

"刚刚成为K老师的责编时，我还是什么都不懂的菜鸟，是出版社的主编指派我去负责他的出版工作的。"

十几年前，她刚二十岁出头。据说那是她第一次负责某位作家的出版工作。

"去见K老师前，我先看了他入选新人奖的那部小说，也就是《奇》的原稿。由于内容太过残酷，我在阅读过程中不得不反复停下，跑到厕所呕吐。在那之前，我从来没有读到过那样残忍的小说；可是，透过弥漫在整部小说中的恐怖气息，我却感受到了某种奇怪而又哀伤的氛围。我有点儿理解，评委为什么会把奖项颁给这部小说了。当然，小说作者的伦理观还是太奇怪了，所以我当时还挺怕去见K老师的。"

写下《奇》的原稿时，K只有十七岁。

I女士是在他刚升入高中三年级的时候，成为他的责编的。

“在一家公园旁边的咖啡厅里，伴着满窗盛开的樱花，我第一次见到了K老师。一见到他，我心里的紧张感就消失了。因为，坐在我对面的那个少年，跟《奇》那残酷的世界观简直毫不沾边。他整个人清爽帅气，就像少女漫画里的女主人公会喜欢上的那种男生。他说起话来很有教养，笑容也很可爱。我猜，跟他同年级的女孩子里，肯定会有很多人对他抱有淡淡的爱慕之情吧。当我与他面对面地聊天时，实在难以想象眼前这个少年会写出《奇》那样的作品。我怎么也没法相信，他的头脑竟会构思出那么离经叛道、那么残酷的文章。所以，我没忍住，就问他：‘《奇》真的是你写的吗？’”

据说，K听了以后脸上泛出微笑，回答道：“当然。那部作品是我写的。我从来没有告诉过我的家人和朋友，其实我很擅长进行那样的妄想。我不希望他们大惊小怪，所以在生活中一直隐藏自己的这种嗜好。”

K很聪明，学习成绩出众，运动能力也强。他品行端正，深受老师信任，初中和高中一直担任班干部。同学们都崇拜他，他也交到了很多好朋友。可是，他们当中没有一个人知道，K的脑海中其实有着一个无比残酷的妄想世界。

“迄今为止，我跟谁都没有坦白过这件事。因为我知道，不会有人喜欢那样的我。为了不让别人发现，我一直都在拼了命地伪装。可是啊，我已经装够了。我就是喜欢我在《奇》里描绘的那种世界观，我整天都在脑子里幻想残忍的场景。我需要通过文学作品，定期将那些妄想从头脑中清除出去。只有通过写作，我才能够勉强维持自己的社会性。对我来说，写小说就相当于在现实与妄想之间设定一条分界线。如果不能把那些妄想写出来，它们就会在我的脑中不断膨胀，把我的脑子给撑破……到时候，我说不定就真的会去犯罪了……而将它们写下来的瞬间，我能清楚地感觉到它们从我脑海中蒸发了。《奇》出版后，我的嗜好有可能被家人朋友知道，可是，我已经无所谓了。啊，真痛快。在这以前，我从来没跟任何人聊过这样的话题……”

I女士与K的初次见面在温馨的气氛中落下帷幕。据说，自那以后，两个人也一直保持着良好的合作关系。

I女士忍着想吐的感觉，反复阅读待出版的《奇》的原稿，提出了各种修改意见。她在提建议时，会力求在不削弱K所独有的那种猎奇趣味的同时，让文字更加通俗、情节更加张弛有度。K总是认真地倾听，然后踏实地修改。他的态度无比认真，让I女士清晰地感受到他是在用真心对待小说的。

“我对K老师所写的故事绝说不上喜欢。生命的尊严被践踏到那种程度的文章，实在让人难以接受。故事里的角色，无论肉体还是精神，都被不断地逼进绝境。他们痛苦地哭喊，陷入绝望，心灵破碎。一群什么错也没有的人，无论男女老幼，都被……K老师仿佛观察虫笼中的昆虫一样，‘冷静’地描写着这样的过程——我可以从字里行间感受到他的那种视角。不过，我并不讨厌他本人。他有常识，明事理，好沟通。这世上有不少让人相处起来很不愉快的小说家。比起那些明目张胆地进行性骚扰、张口闭口肆意骂人的小说家，K老师可以算是个很有良知的人了——不过也有可能，他只是隐藏了自己内心的阴暗面，装作有良知的样子罢了……说起来，那个时候，还发生过这样一件事呢。”

I女士的表情柔和下来，显出怀念的样子。

“有一天，K老师放学后我和他在一家家庭餐厅[①]开了个小会。他收下修改过的校样，又跟我简单地聊了会儿工作，就回家了，而我则继续留在那里工作。忽

① 家庭餐厅：在日本指一种以家庭为主要客层的餐厅业态，多为连锁餐厅。

然，有个穿着跟K老师一样校服的高中女生走向我，把一杯水泼到我的身上，然后转身就跑。那个女孩也许就是学校里他的众多爱慕者之一吧。她碰巧看到我和他在一起，可能误以为我们两个人是情侣之类的了。我不清楚到底是怎么回事，也没把这件事告诉他。如果那个女生刚才竖起耳朵听听我们在说什么，肯定就不会产生那种误会了。因为，我俩的对话基本是围绕《奇》的内容的。我们明明在聊书稿中的残忍情节，却被人家误以为我们在亲密地聊着雪月风花，唉。”

小说《奇》于当年夏天出版。

作为一名高中生作家的处女作，这部作品在读者圈子颇引起了一些关注。可是，由于内容极度猎奇，人们对它的评价也褒贬不一。据说，读者中的一部分人对这本书极度反感，读到一半就直接放弃，把它扔进了垃圾桶里。

我很好奇K的家人和朋友们当时做何反应。

“小说发行后挺长一段时间里，K老师都没有什么精神。起初，他并没有对身边人提起自己出道的事，但后来不知怎么搞的，消息还是走漏了。他曾跟家里人说起过得奖的事，可能街坊四邻也都有所耳闻吧。据说，他身边的人全都惊得目瞪口呆。他妈妈读过那本书以后，向他提出的问题跟我第一次见他时问的一样——‘这本书真是你写的吗，是不是其他某个人写的？’。他的妈妈肯定不愿相信，写下《奇》的竟是自己的亲生儿子。”

K与自己的母亲和祖父母生活在一起，家里一共四口人。他的父亲在他上小学时因意外事故去世了。据I女士说，K的父亲是一名大学讲师，教授文学。他的书房里摆着很多小说。可以想见，K当初之所以会立志成为小说家，肯定也是受到了父亲的影响。

“距离《奇》刚出版那会儿，已经过去十几年了……但我直到现在也还记得那时候的情形——可能因为那会儿我自己也还初出茅庐，所以记忆才会特别鲜明吧。我记得，当时我和刚刚放学、穿着校服的K老师一起，在车站旁边、离他们高中最近的那个家庭餐厅里，一边喝着无限畅饮的饮料，一边商量第二本书。夕阳的余晖从窗外洒进来，把店里染成一片红色。K老师很纠结第二部作品到底应该写些什么。他随身带着一个笔记本，上面记录着一些他随时想到的灵感。我看过那个本子，真的很恐怖。虽然里面写的只是一些碎片化的情景，但光是看着那些没有完整意义的段落，我就已经快要吐出来了。是的，那些文字就是那么邪恶。他在那个本子里罗列着各种对人进行折磨、孤立的方法，还有如何让人深陷痛苦的方法。”

对于刚出道的作家来说，第二本小说是必须闯过的一道关。如果第二本书没有写好，让人失望的话，那么这个作家身上就会被烙上“第一部作品只是个偶然”的标签。有些作家甚至会因此而不堪重压，怎么也写不出好东西来，最终半途而废，只留下一部作品后就从此销声匿迹。

K的第二本小说是《包》。之前刚买到他的那批旧书时，我把这部作品也粗读了一遍。他在小说里讲，有种说法认为，“包”这个汉字也可以表现人在怀孕时的样子。

“勹”这个部分代表人。

“巳”这个部分代表胎儿。

也就是说，母亲的肚子里怀着胎儿的样子就是“包”。

“在写这部小说的时候，K老师好像和他妈妈的关系挺紧张的，因此非常苦恼。他的妈妈在他出道之前，一直坚信自己的儿子是个心地善良的好孩子。她连做梦也没想到，他心中竟然藏有猎奇的嗜好。毕竟，K老师一直以来都在拼命隐藏真实的自我，饰演着一个纯洁的少年。自打《奇》出版以后，K老师就不再隐藏了。为此，他和妈妈之间产生了摩擦。《包》也许正蕴含了他想要和妈妈决裂的心情。”

K的母亲并不赞成他写那种猎奇趣味的小说。据说，I女士所在的编辑部也接到了她打来的投诉电话。当时接电话的刚好不是I女士，而是别的编辑——K的妈妈苦苦哀求说：“请你们别再让我儿子写小说了。”

顺带一提，当时正上高三的K，是在准备大学入学考试的时候写下《包》的。对于聪明过人的他来说，同时兼顾学习与写作，可能本就不是什么难事。后来他考上了东京都内的一所大学，高中一毕业就离开了家，开始独立生活。

“《包》恰好就是在那个时期出版的。我俩一起到书店去，亲眼见证了新书摆在书店里的样子，然后我就开始帮他一起找房子。”

K在能够直达出版社的电车线路上租了间房。I女士作为担保人，帮他签了字。

“他当时的处境有点儿微妙，还不知道仅凭一本小说能不能够活得下去。《奇》还没有再版，《包》也不知道能卖出多少。我们谁都说不准他是否能成功出版第三本书。所以，他的心里并没有排除大学毕业后就去上班的可能性。”

对于K来说，让家人和朋友读到自己写的猎奇小说，相当于将自己此前一直隐藏着的真实内心暴露给他们。要做出这种决定，对于当时还只是高中生的他来说，到底需要下多大的决心，简直令人难以想象。可是，他身边的人却并没有试图去理解他。

“有一天，我在咖啡厅和K老师商量了会儿工作，因为想要回一趟出版社，便跟他分开了。我想抄近路去车站，所以走的是小路。走着走着，我忽然听见身后传来一阵脚步声。回过头，我看见几个年轻的男男女女朝我跑了过来。他们团团围住惊呆了的我，用饱含憎恨的眼神盯着我——那个场景简直太可怕了。我吓得双腿发软，嗓子完全发不出声音。”

他们是K初高中时代的朋友。在校园里，他们与K建立起了很亲密的关系，当生活痛苦不堪时，曾经一次又一次得到过K的帮助，因此对他抱有近乎崇拜的敬慕之情。

他们无法相信K会自愿写下《奇》那样残酷的小说，因此认定是出版社逼他写的。我实在无法理解他们的脑回路——到底是怎么想的才能推导出这样的结论呢？不过，至少这能证明，《奇》的小说内容与K所扮演的人物形象之间存在着一道巨大的鸿沟。为了弥合这道鸿沟，他的朋友也只能这样去想了吧。

“他们异口同声地用难听的脏话骂我。他们愤恨地说，都怪我们出版社发行了《奇》和《包》这两本书，导致他的人格都遭到了玷污。我在他们身上感受到了某种近似于信仰的东西。这些孩子肯定是打心眼儿里敬慕和热爱着K老师的吧。他们心中的K老师，是一个心灵纯洁的人。”

他们不肯去看K内心当中那个阴暗的部分，宁愿相信《奇》和《包》都是别人逼着他写的。他们渴求的是那个清白无瑕的好学生，也就是K为隐藏本性而扮演的人格。

“万幸的是，他们并未对我动粗，我也没有受伤。当时路上刚好有人路过，他们一见有人就一溜烟地逃了。但是，他们当时那一个个饱含憎恨的冷酷眼神，直到现在仍然印在我的脑子里。自从出了那件事后，我就尽量每次都在出版社的会议室里跟K碰头聊工作了。”

她长长地呼出了一口气。

我看了看手表，I女士的休息时间马上就要结束，她得回到大学办事员的工作中去了。我请她改天再给我讲后面的故事。对于K，我还有些事情没搞明白。比如：他的创作风格为什么会发生那么极端的转变，从恐怖小说转变成幻想小说？他的小说与动物幻影之间到底有着怎样的关系？

走出自助餐厅后，I女士低声说着："他现在到底在哪儿，在做什么呀？直到现在，我还是会时常想起他呢……"

三

由于病毒在全球肆虐，远程会议逐渐取代了传统的碰面会。书房里的电脑屏幕上映出责编的脸，我对着那张脸商量今后应当如何推进工作。我虽不是什么畅销书作家，但也同时接了好几本书的约稿，需要提前安排好每本书的写作时间，不致让好几个截稿期限撞到一起。

"说起来，我最近正在调查一个名叫K的作家。您知道他吗？"

闲聊的时候，我跟责编问起了这事。

"以前，小说业界好像是有过这么个人呢。"

“他现在也没退圈哟——好像在写幻想小说。我本来还想着，如果您有他的联系方式，就请您告诉我一下呢。”

我至今仍未找到有K联系方式的人。为K发行过幻想小说的那家出版社现已倒闭，我试着给印在书上的电话号码打过电话，但没能接通。

现在距离K上一本书出版没过几年，而且他的年纪还轻，照理说应该还没封笔。也许他此刻正躲在某个地方，静静地写着小说吧。

“我只在很久以前的一个聚会上跟他打过一次招呼，之后就再也没联系过了。”

“他是个很得体的年轻人呢。”

“他在聚会上喝果汁来着，因为当时他才只有十几岁。不过我记得，跟他聊起小说的时候，我发现他的艺术感觉挺古怪的。”

“艺术感觉古怪？”我反问道。

“当时他说，小说就是被碾碎的虫子。貌似在K老师眼里，小说看起来就像是被碾碎的虫子一样。因为你看，小说本来不就是印在纸上的一串串文字嘛。K老师觉得，纸上印着的每个字，看起来都像是用手碾死一只小虫子以后留下的黑色印记。所以他说，他认为写小说就是不断地将一只又一只小虫子碾死、碾死、碾死，再碾死……在纸上留下一个个黑色的文字印记，最终连缀成一篇小说的工作。”

“原来如此。虽然不是很懂，但还真够恶心的啊。当然，是那种好的‘恶心’。”

“对吧？所以当时我很兴奋，心想这人是有真东西的。”

业内普遍认为，拥有异常价值体系的作家，才能创作出打破常识束缚的作品。不过话说回来，小说这种东西，本来就是“不正常人类思维”可以落脚的最后一方土地。世间公认的常识让他们感到窒息，活得痛苦，因此他们才不得不跳出正常人的生活轨迹。在日本，写作是无法适应社会的人也能从事的工作；而且，写小说不需要什么本钱，只要有纸和笔就行了；更妙的是，人在书写过程当中还能顺便宣泄胸中积郁，让自己的内心变得更加清明有序。这还真是一种有利无弊的完美工作呢。

K是不是活得也很痛苦？他天生喜欢幻想猎奇的场景，但在生活里却不得不扮演一个品行端正的好学生。我猜，他被夹在天性与表演之间，一定感到有点儿透不过气了吧。

可即便如此，他对小说的看法也还是让我有点儿不寒而栗：竟然有人会把小说看成是一行行被碾碎的虫子。难道在K看来，他每打下一个字，都会有一只虫子魂飞魄散吗？难道在他的心里，写小说就是一个祭献生命、书写文字、编织文章的过程吗？

开完远程会议以后，我起身离开电脑，走进客厅，闻了一下房间里的气味——并不臭，空气中没有猫狗粪尿的味道。接下来，我又拿起预先架设好的录像机器，确认它录下的视频。我快进着放了一遍，并没有发现任何疑似动物幻影的东西。

早些时候，我把K的作品都摆到了桌子上。这会儿，我走到桌前，想看看那些书的周围有没有留下猫、狗或者仓鼠的脚印。结果是没有。

把K的作品放在家里本应引发奇异事件才对，可截至目前，我的房间里还没有出现任何相关迹象。今天早上出门倒垃圾时，我恰巧遇到了邻居，于是便不露痕迹地问了一句。我问：“您听没听见我的房间里有动物的叫声或跑来跑去的脚步声呢？”邻居听了这话，露出十分诧异的表情，仿佛不明白我为何会问出这种问题一样。看来我的房间里并没有传出类似动物走动或叫唤的声响。

我想的是，亲身经历一次奇异事件，然后把它当成素材写进随笔或小说。虽然我的心里也是有点儿害怕的，但就算真的遇到什么异常情况，其实也没什么，因为我已经预先知道异常的原因是什么了。等我真的见到了什么，有了写作素材以后，只需马上扔了K的所有小说就好。

然而，所谓奇异这种东西，似乎你越是想见，就越遇不到。我哗啦啦地翻着K的小说，却完全闻不到动物的气味。也许世界上就是存在着容易感觉到奇异现象的人吧。

我穿好衣服，走出公寓大楼。外面的天空阴云密布，感觉马上就要下雨了。今天我要到一家咖啡馆去跟I女士见面——之前我跟她约好了，让她给我讲讲后来发生的事。

X X X

K老师在上大二的时候完成了他的第三本小说——《恶心》。那会儿他刚满二十岁，写作事业进行得似乎非常不顺。这倒不是因为他缺乏创作欲望，而是因为他身边总有干扰……为了阻止K老师写作，他的家人和朋友们全都行动起来了。

每当K老师在家庭餐厅打开笔记本电脑，准备开始写作时，都一定会“刚巧”遇到他的朋友。他们会走过来跟他说，写什么小说啊，还是跟我们出去玩儿吧。

而每当他在自己住的公寓房间里准备开始写小说时，他的母亲和朋友都会登门拜访。他们会帮K老师打扫房间或做饭，与此同时也会不停地跟他讲话，搞得他根本就没办法写作。

他们打算夺走K老师的所有写作时间。

可他们为什么总能在K老师即将开始写作的瞬间，准时出现呢？我的猜测是，他们制定出了一个合作的体系：一个人负责用望远镜从远处监视K老师的房间窗户，当他看到K老师坐到电脑前时，就通知另一个人到他家去拜访。不知从什么时候开始，K老师的家人、亲戚和曾经的同学们全都开始互相通气，团结在了一起。在他们的眼里，K老师是被出版社逼着写下残酷小说的受害者。为了救他，大家拧成了一股绳。

当时，我和K老师总在出版社的会议室开碰头会。我记得每次开完会后，我走出公司大门时，一定会看到门外站着K老师的亲友。他们并不会过来说什么，更不会伤害我，但总会用充满谴责的目光盯着我。

K老师抱歉地说："我的母亲和朋友都没怎么接触过存在死亡情节的小说——说到底，他们基本上就没怎么读过小说这种东西，只看过类似品德教材那样的故事。所以他们才会格外觉得我的作品很可怕吧。写下这种作品的我，在他们看来，忽然成了一个让他们完全无法理解的怪物，让他们有点儿不知所措。"

K老师有时也会在大学自习室里写小说。但是，他以前的同学会擅自闯进他的大学校园，趁K老师离开座位的间隙，偷偷清除掉他笔记本电脑里的稿件。这下子，好脾气的K老师也忍不住要跟家人、朋友进行抗议了。但他的抗议完全没有起到任何效果。在他的家人、朋友看来，K老师才是那个走上错误道路的人。他们认定，出版社为了哄骗K老师写小说，对他实施了洗脑……

为了使K老师清醒过来，他们想要做点儿什么。而"干扰K老师写东西"就是他们想到的办法。他们深信K老师的灵魂是纯洁无瑕的。

"你绝不是那样的人。"他们总对K老师这样说。

"你绝不会写下那么可怕的文章。"

"快点儿变回原来的那个你吧。"

"现在的你，并不是真正的你。"

即便如此，K老师也并未丧失对写作的热情。他会把笔记本电脑带进厕所隔间，在隔间里进行写作。为了防止别人擅自删除稿件，他还会另外携带一台备用电脑当幌子。

我能从他的第三本小说《恶心》当中，明确地感受到他当时的境况。小说主人公是一个二十多岁的年轻人。故事开头，他的家人成了狂热的信徒。他和家人一起，搬到了打着某种理想化口号建造起的村庄，在那个与社会彻底隔绝的地方定居下来。但是，那个村庄里面，经常发生私刑杀人事件。

每隔一段时间，就会有人被绑架到村子里。被绑架的人里，既有曾写报道批判这个团体的撰稿人，也有曾向媒体泄露对该团体不利信息的前信徒。他们会被蒙上双眼带进村子，遭到惨绝人寰的拷问，然后再被杀掉。如果村子里的哪个居民说了什么质疑的话，同样也会遭到灭口。

主人公被派去协助私刑杀人。可是，他并不是真心认同和相信这个团体的。为了不被别人看穿，他不得不伪装自己，百般折磨那些遭到绑架的人，使他们经受地狱般的痛苦。在这个过程中，主人公的内心产生了激烈的矛盾纠葛。

对于深信团体的人来说，拷问他人是一种“正义”的行为，丝毫不会让他们的内心感到痛苦。

但主人公并不信这个团体，所以他的内心对于拷问他人这种行为，其实非常恐惧，总要拼命克制才能忍住恶心想吐的冲动。

如果他不装出一副满不在乎的样子，就会被人认为不够虔诚，那么接下来，被拷问的对象就变成他自己了……

身边人的价值观与自己内心的真实想法存在巨大分歧，这部小说的主人公因此备受煎熬。我能从他的身上看出K老师本人的处境。

小说中刻画的拷问场景，残酷程度超越了人类想象力的上限。我一边强忍着汗毛倒竖的感觉，一边进行校对工作。这本书出版之后很久，书中那些受害者的啜泣声、求饶声、出于极度疼痛而发出的尖叫声……仍残留在我的耳中，萦绕不绝。

那本书卖得并不算好。不过，他早已有了一批狂热粉丝也是不争的事实。K老师的作品并不是大众喜闻乐见的那种风格，却赢得了一部分特定读者的绝对忠诚。日后当我重读他的作品时，有那样几个瞬间，我会觉得他的小说已经脱离通俗小说，进入了艺术的范畴。似乎有某种“美”，藏在猎奇的描写背后……似乎有一种光，藏在绝望的深处……他的小说就给我这样的感觉。所以，K老师突然转变写作风格时，我真的，难过得无以言表。

他写过的恐怖小说只有三本——这个数字今后也不会再增加。从今往后，他再也不会去写那些充满猎奇趣味的故事了。因为，他遇见了一件足以改变一切的事……

X X X

咖啡馆里亮着的橙黄的光，把I女士白皙的脸颊染成了暖色。她看起来似乎有点儿紧张，表情僵硬，视线总是望向咖啡杯中的黑色液体。

“《恶心》发行之后不久，我突然联系不上K老师了。给他打电话也不接，发邮件也不回。我有点儿担心，就到他的公寓去了一趟，结果发现他的房间已经退租了。这一切都发生得太过突然，让我不禁担心他是不是卷入了什么事件。不过，跟他的大学取得联系以后，我听说，K老师的亲属替他去跟学校申请了休学——看来，他的消失与他的家人脱不了干系。于是我试着到他家去打探消息，结果他的家人只是告诉我，K老师会在亲戚家的别墅里住上一段时间，然后还说，希望我以后不要再联系他了……”

直到后来她才知道，K在从学校返回公寓的路上，被拽进了一辆由其家人驾驶的面包车，并被直接拉到了一个遥远的地方。

“他们把K老师带到一栋位于湖畔的别墅。听说，K老师被他们软禁起来，无法出门，只能透过窗户远远地眺望湖面上方弥漫的雾气。他的亲属轮番值守，以防他逃跑——这些都是K老师本人后来亲口告诉我的——这种监禁生活持续了大约半年。在他获得释放以后，我和他又重新取得了联系，他到出版社来跟我聊了一会儿。但很明显，待在那栋别墅里的半年时光，已经彻底改变了他。”

以前的他是个衣着得体、举止潇洒的年轻人。但是，结束监禁生活后再次出现在I女士面前的他，不仅头发和衣服都乱糟糟的，对于周围的一切也都战战兢兢的。

“他的表情也有点儿怪：脸上总是挂着僵硬的笑，就好像他的面部肌肉已经固定成那个形状，不会动了一样；他脸上虽然在笑，眼睛看上去却仿佛在哭……我让他跟我讲讲这半年是怎么过的。”

他说，在湖畔别墅里，那些人根本不让他写小说。不仅如此，一切可以用来记录灵感的文具也都被他们收走了，这样一来，他也很难构思下一部小说。他们将他监禁在别墅里，就是为了阻止他写出那种猎奇的小说。

负责管理别墅的是他的亲属，但他以前的同学也会轮流过来看他，那全是些无法接受K的作品风格的人。他们团结一心，决意彻底矫正K的猎奇趣味。

他们会一天连续十几个小时，不停地对K讲述暴力描写会对人们造成多恶劣的影响。他们人数众多，所以能轮番上阵。但K却因此无法休息，只能不断地听，就算身心俱疲、意识模糊，也不能逃走。哪怕他失去意识、昏倒在地，那些人还会强行把他叫醒，继续教育。

即便如此，在最开始的那段日子里，他还有力气反抗，而且还会趁着泡澡和睡前的一点儿时间，构思自己的下一部作品。

“过了一阵子，K老师的饭菜里好像被掺进了某种安眠药。吃完饭后，他总会变得昏昏欲睡，无法进行正常思考。他就在这样的状态下，继续听那些人对他一连说上好几个小时的话，话题的主旨永远都是对暴力描写的批判。他们认为自己是正义的，使用这样的方法都是为了让K变回从前那个没有写过猎奇小说的他。”

据说，他们会在K的眼前，将他的小说《奇》《包》和《恶心》丢到壁炉里烧掉。当他亲眼见到自己的书被火吞噬，心里不知做何感想。

虽说监禁最终只持续了半年，但K身处其中之时并不知道自己什么时候才会获释。那个时候，他肯定以为自己会永远被关在这里吧。

“轮流来到别墅的亲朋好友，并没有劝K老师今后彻底别写小说了。他们不喜欢的只是他的猎奇趣味。他们主动替他思考今后该创作什么主题与风格，最终提出的建议是，让他去写一种与猎奇小说完全相反的、可以用于教育人们的、温柔的作品。K老师起初十分抵触他们替自己决定的小说方向，但经过了几个月的教育之后，他终于败下阵来。”

那个名叫K的猎奇小说作家，终于在湖畔的别墅里被“杀死”了。他的亲人与曾经的同学们付出的努力，结出了果实。在近乎洗脑般的教育之后，K变得再也无法进行猎奇小说的创作了——每当脑海中浮现出飘荡着死亡气息的残酷故事，他都会感觉心跳加速，被一阵深不见底的不安淹没。

K在亲人与同学面前做出承诺，说自己今后再也不写含有暴力描写的小说了。大家用热烈的掌声对他予以赞扬，并从别墅的厨房里推出一个巨大的圆筒状蛋糕。随后，大家仿佛在举办生日聚会一样，纷纷为他献上祝福。

四

我最后一次见到K老师，是在三年前……

当时我已经离开出版社了。有一天，他忽然给我打来一通电话……

“你能不能陪我去旅行一次？”

他问我。

“说是旅行，其实也不会走太远，当天就能往返。为了写作，我想到一个地方去看一下。去那儿开车比坐电车方便，但我没有驾照。如果可能的话，我想请你开车带我过去。”

电话那头，他的声音听起来非常虚弱。自从改变写作风格以后，他已经出版了两本幻想小说，但他当时在写的第三本似乎进展得不太顺利。估计他是因为这个，才会那么没精神的吧。

自从他转变写作风格后，我就再也没参与过他的书的出版工作了。因为他身边的人全都认定，是我所在的编辑部逼他写下了《奇》《包》和《恶心》，他后来写的幻想小说都被他的亲属托人送到另一家出版社去了。

我们选在一个寒冷的冬日开车出门。他一大早就按我的要求来到约定地点，我让他坐上我的汽车副驾，随后便启程了。那几年里，他一直在和别的出版社合作，因此我俩的关系也逐渐疏远，已经好多年没有像这样见过面了。我已年过三十，他也已经到了二十五六岁的年纪。

初见他时，我曾在他身上看到的那种仿佛少女漫画角色般的清爽气质，现在已经荡然无存。如今的K老师脸上胡子拉碴，整个人显得病恹恹的。他在我的副驾上吞了一些药片，那是医生给他开的精神类药物。自从遭到监禁，他就始终没有摆脱掉不安与抑郁的折磨。

我开车上了高速，离开东京都，朝外地开去。车窗外面，触目所及几乎尽是荒凉山景。他事先跟我讲过，

113 目的地是一个位于县[1]界的湖畔避暑地。我在导航里输入了某个别墅的地址——那正是曾经用于监禁他的湖畔别墅。

奇 对K老师来说，那里本该是个令他感到恐惧的地方，但他似乎觉得自己有必要回去一趟。

“我最近总是写不出东西来，非常苦恼。但我感觉只要到那里去，就能找回灵感……”

也许K老师是想寻回那个消失在湖畔别墅里的自己——那个曾经的恐怖小说作家吧。听了他的话，我这样想。

我们在车里聊了起来。首先相互讲了讲自己的近况，包括我从出版社辞职的原委，以及他没毕业就从大学退学的事。他说最近自己又开始一个人住了，之前的两部幻想小说也都是在新房子里写的。

我故意没谈自己对他那两部采用幻想路线写出来的新作品的感想。它们彻底剔除了死亡要素，变得人畜无害，但也无比陈腐。不过，那正是他身边的人想让他写的风格。K老师现在已经只能构思出那样的故事了。

---

① 日本行政区域一般分为广域地方公共团体（都、道、府、县）与基础地方公共团体（市、町、村、特别区）两级。日本全国共47个一级行政区：分为1都（东京都）、1道（北海道）、2府（大阪府、京都府）和43县，下设市、町、村。

"最近我在写作的时候，总觉得笔下写的不是我自己的小说。我脑子里充满了世人的眼光，好像是在拼命为了取悦别人而写小说。"

K老师坐在副驾上，无比苦恼地捂住了脸。

"写作时，我总觉得我的家人、朋友在我的脑子里盯着我看。他们在监视我，不让我写恐怖小说。自从有了这样的感觉以后，我就觉得自己好像不会写东西了。我对充满梦想的幻想小说没有兴趣，完全不知如何下笔，所以起初那会儿，写作进行得非常不顺。不过后来，通过举行某种仪式，我总算是能够写出来了……"

一片美丽的湖水铺展在山间。我一路开车前行，直到前方出现了一座山中小屋风格的木制建筑。这时，我感到坐在副驾上的K老师屏住了呼吸。

在别墅的院子里停下车后，我们决定下车散步。

四周的地面覆满落叶，踏在上面感觉很软，还能听到枯叶碎裂的声响。K老师亲戚家的这栋别墅位置很好，从中可以望见整片湖面的景色。但我们没有进去，只从外面看了看。

K老师没跟家里人提起要到这里来的事，因此也没借到别墅钥匙。不过，就算有钥匙，我想他也绝对不会走进那扇大门吧。

K老师的双腿在发抖。

我们从他曾被监禁过的别墅旁边走过，来到被湖水一浪接着一浪拍打着的岸边。

地面的斜坡直接与水面相连。四下里寂静无风，湖面像平滑的镜子般，倒映出湖畔的一圈树木。我感觉自己只要再朝前走上几步，就会直接掉进一片倒转过来的阴沉天空中。

“当时我被关在一个房间里，透过房间的窗户，总能看见这片水岸。因为他们不让我出门，所以我也只能远远地看着。”

湖边有块大石头感觉挺适合当椅子的，于是我们就并排坐在上面望向湖面。

“有件事，我必须得告诉你。”K老师开口道，“刚刚决定改写幻想小说的那段日子，我怎么也写不出像样的文字。毕竟那是别人替我挑选的作品风格。在很长的一段时间里，写作进展得非常不顺。可是，从某个时候开始，我又忽然变得能够写出东西来了。起因是我房间里的一只虫子。那天，一只小小的虫子从敞开的窗户飞了进来，在房间里绕了几圈以后，落在了我的书桌上。我拿起手边的一本书，把那家伙给拍死了。”

那只被拍烂的虫子的遗骸，残留在了桌面上。

K老师感到一个生命在那个瞬间烟消云散。

“那份虚幻与无常深深地触动了我，刺激到了我的感受能力。我觉得自己仿佛触碰到了某种东西。也许是目睹了生命消散的过程吧，我那一直沉睡着的感性忽然轻微震颤起来，有了反应。那天，我终于能够顺畅地把停滞许久的文章写下去了。我的身体仿佛吸收到了什么能量，然后把它转化成了写作的力量。”

我不知道，“拍死一只虫子”和“写作进展顺利”这两件事之间，是否真的具有因果关系。也许那只是他的主观臆断，错误归因。

但是，为了写作，K老师肯定不愿放过这根救命稻草。他选择去相信，这是一种能够换取写作能力的魔咒。

“自那以后，每次开始写作之前，我都会去外面散步，寻找虫子，找到以后就用脚踩。鞋底重重地碾压上去，扑哧一下，它就被我踩了个稀巴烂。每当我这样做了以后，写作就会进展得异常顺利。如果哪天我在散步时没能找到虫子，就会到宠物店里买下一只仓鼠。仓鼠的价格在一千日元到两千日元之间吧。我会坐在公园的长凳上，紧紧攥住那只仓鼠。一开始它还挣扎着想要逃脱，但渐渐就不再动了。连我自己也没想到的是，做完这一切以后，我会变得文思泉涌。真正的小说家都是通过祭献自己的生命力，从而创作出小说这种艺术的，对吧？可惜我没有这种才能。但也许，我拥有着另外一种才能，那就是利用动物的生命力进行创造。每当我面对那种情形时，都会因为生命的虚幻和无常而深深叹息，然后，无数的文字、词语就会从我的内心深处喷涌而出。”

过去，他曾这样说过。

他说，对他而言，写小说的行为，就相当于在现实与妄想之间设定一条明确的界线，从而维持自身的社会性。

再也写不出恐怖小说的他，是不是已经很难看清现实中的自己了呢？也许，他已陷入一种混沌不清的状态当中，分不清围绕着自己的一切，哪些是现实，哪些是自己的臆想。

“我家附近有只野猫，有时我会喂它一点儿吃的，因此它就渐渐跟我亲近起来。有天夜里，我用催眠药让那只猫昏睡过去，然后将它带回了家，夺去了它的生命。此后，灵感源源不断地从我的脑中涌出，我一刻不停地打出了好几章的文字。那份触动化作灵感，以小说的形式留存了下来。”

我听得毛骨悚然，可是与此同时，我也觉得他很可怜。如果他说的都是真的，那么他的行为无疑是该受到谴责的——但他本人也是个受害者啊。

他已经被他身边的那些人给毁了。

"我到宠物店去，用版税收入买了一只小狗。我把它带回家，当天就在浴室里把它处理掉了。我住的那个公寓是不许养宠物的，因此我一天也不能等。等到我又写不下去的时候，我就又去买了只狗。如果短时间内总去同一家店里购买，很有可能会引起店家的怀疑，因此我每次买狗还得再找一家新店。就这样，我亲眼看见了许多小猫小狗的生命烟消云散的瞬间。生命在我怀里消失，死亡从我怀里诞生。"

我忽然间想起了他的处女作《奇》的内容。那部作品的主人公，就曾用血液画画。

一位作家的处女作里往往凝聚着他的全部。在K老师内心最幽深的地方，也许从一开始就潜藏着那种冲动。而《奇》，就是他在无意识间将那冲动升华后的产物吧。当妄想与现实间的界限开始变得模糊不清，他便在不知不觉间跨过了那道分界线，走进了自己处女作的内部世界。

"很神奇吧？以前的我明明不用这么干，也能写出小说来的。当我在笔下‘杀人如麻’的时候，我是很爱大家的——不，现在想想，也许我那时的爱只是一种表演，而我的演技又太好了……那个时候，我可以毫无问题地生活在社会当中。但现在不一样了。现在的我，为了写作，不得不牺牲掉一些东西。被我牺牲掉的除了那些动物的生命，也许，还有我自己的人性。起初，我还能认识到自己在做一件恐怖的事。但后来，我渐渐觉得，这些都是为了写小说而不得不付出的牺牲。人们不都是以失去某种无可替代的东西为代价，才能写出小说来的吗？而我失去的应该就是那条分界线吧——我祭献了那条能让我继续做个正常人的分界线，换回了写作能力。”

K老师淡淡地说着。

从前那个作为恐怖小说作家的他，就是在这个地方消失的。原来他是想在这个特殊的地点，向我坦白那些难以启齿的事才邀我一起过来的啊。听了他的话，我这样想。

一片安静的湖水铺展在我们前方。

K老师带着虚弱的表情看着我。

恍惚间，我感觉自己仿佛正置身于怪物弗兰肯斯坦的电影当中。眼前的景象，与电影里一个著名场景莫名相似：纯洁无瑕的少女与怪物，共同伫立在湖边。

湖畔的空气很凉，我的指尖与脚尖都冻得阵阵发麻。我瑟瑟发抖，心里为他感到难过。

“我啊，现在有点儿纠结。”

K老师的表情看起来很苦恼，似乎钻进死胡同里出不来了。

从今往后，是该继续牺牲掉那份珍贵的东西，接着写小说呢……

还是再也不去触碰小说？

K老师在纠结的肯定是这件事吧。那个时候，我是这样想的……

X X X

“……那你是怎么回答他的？”

在咖啡馆里，我问I女士。

她的脸上忽然没了血色，长长的睫毛在脸颊上投下摇曳的阴影。I女士美得像个西洋娃娃。当K与她并肩坐在湖畔，望着她的侧脸时，他的心里到底怀着一种怎样的情感呢？

“作为他的前任责编，我是这么跟他说的。我说，你应该把小说这种东西彻底忘掉。我还说，但是一个真正的作家，就算想把小说忘掉，也是绝不可能忘得掉的……K老师露出有些困惑的表情，笑了起来。自打我俩踏上旅途以来，这是他第一次露出笑容。”

“后来怎么样了呢？”

“……倒也没怎么样。我俩身体都冻僵了，于是起身回到车里，离开了那栋湖畔别墅。我们逆着来时的路，当天傍晚就回到了东京市区。自那以后，我就再也没见过K老师了。我试着联系过他，但自从那次湖畔之行后，他的电话号码就换掉了。我连他现在住在哪里都不知道。”

我端起杯子想喝咖啡，却发现里面已经空了。我们两个人谈得太过投入，都忘记了时间的流逝。我想今天也差不多该到此结束了。

临别前，我向她提出了最后一个问题：“如果知道他在哪里的话，你还想再见见他吗？”

刚才，我一边听她讲述，一边兀自想象，也许这两个人之间，存在着某种类似于恋爱的情愫。也或者，其实他俩早已有了某种更深的关系，只是她没提起罢了。

I女士沉默良久，才开口说：“我有点儿害怕再见到他。也许，从今以后再也不见是最好的。因为，从那趟旅行回来以后，过了一阵子，我才意识到一件事……那个时候，如果我在湖畔答错了话……也许，此时此刻，我就已经不在这里了。”

“什么意思？”

“当时，我以为，他之所以叫我陪他一起到那里去，是为了向我坦白他自己的所作所为。但是，也许事实并不是这样……也许，K老师为了能写出下一部作品，觉得自己又得再去杀掉点儿什么才行。为了小说，为了写作，杀掉点儿什么……”

I女士望向咖啡馆的窗户。

窗玻璃上映照出I女士的身影。

一时之间，我们两个都默然无语。安静的音乐流淌在咖啡馆内。良久，我终于提议说：“咱们差不多该走了吧。”I女士点点头，站了起来。

我去结账，把两个人的单都买了。然后我俩一起走出店外。四周一片昏暗，路灯已经亮起。我将冷空气深深地吸入肺里。I女士那透白如瓷的脸颊，仍因紧张而显得十分僵硬。

她似乎很冷，双肩不停地颤抖。她说：“我总觉得，等到将来哪天他又开始想要写小说了，肯定会突然出现在我面前。每当我走在大学校园或城里比较偏僻的小巷子时，只要远远看到人影，就会想，那不会就是他吧？如果那一刻真的到来……我也许会被他杀掉，变成小说中的一段文章吧。”

I女士向我姿态优美地鞠了一躬，转身离去。

回到家后，我拿起之前架在房间里的相机，仔细翻看它拍下的录像。录像构图的中心点是放有K的小说的桌子，同时整个房间也被收进了画面。我不在家的这段时间，相机将房间里的样子都录了下来。经确认，房间里并未发生任何异象——书本没有自己翻开，桌上没有显现猫的足迹，录像里也没有传出狗的叫声。

我家始终没有出现奇异现象，但这些都无所谓了，因为我已经搞清那些读者为何会有奇怪的感觉了。他们之所以会在买来K的小说以后，闻到房间里有猫狗粪尿的气味，或看到仓鼠的幻影爬满屋顶，正是因为K的小说是以牺牲那些动物的生命为代价写成的。

我对作家在写不出东西时实施的类似巫术的行为很感兴趣。所有作家都会养成一套能让意识集中到小说创作中的日常习惯。而作家几乎全是怪人，因此其中难免会出现一些借助极古怪的仪式才能写出东西来的人物。不过，就连像我这样见多识广的人，也是头一回听说有人会为了写作而杀戮。我感觉自己不能再把K的小说留在身边了。当天，我就把他的书全扔了。

不过，这件事情还有一个小小的后续。

有一天，出版社打电话叫我出去，让我和责编面对面地进行沟通。我们近来总是隔着电脑屏幕说话，已经很久没有线下见面。

“老师最近别来无恙？”

“姑且还活着呢。”

我俩闲聊起来，谈了谈最近的世界局势与天气状况。

“在家待得久了，我都后悔自己没有养个宠物了。老师家里那只猫，最近还好吗？”

责编忽然这样问我。

但我没养猫啊。

听我这样回答，责编露出了难以置信的表情。

“请您别再开玩笑了。”责编说，“之前咱们开远程会议的时候，它不是从您身后走过去好几回吗？”

第 4 章

小说魅影

一

据说X老师新推出的作品销量很高，而且很快就要被拍成电影了。这倒也并不是什么稀奇的事。毕竟，我刚开始写作那会儿，X老师就已经是君临整个业界的人气作家了——我们每天都能在书店的畅销书排行榜上看见他的名字。他写过各种各样的小说：起底日本黑社会的作品、人物足迹遍布世界的冒险小说、有分量的社会派悬疑小说、笔触轻松的推理小说……所有的作品都达到了一流水准，评论家交口称赞。同时，他的作品也被翻译成多种文字，在海外收获了大量粉丝。

一个作家名气大到这个份儿上，每出一本新书，肯定都会引起社会的广泛关注。即使你没有看过，肯定也会听人提起过。

我听说，X老师的新作《今天与你说再见》

的主人公是一名女刑警。故事中，她受命埋伏在一座建筑附近时，看到了一个令她深感意外的人物——在十年前就死去了的她的爱人……

这部小说的开头令我心中涌起一股忐忑之情，不祥的预感如黑云般压在我的胸中，看来我非得读读这部《今天与你说再见》不可了。

我来到书店，一眼就看见这本书以平放[①]的方式堆在店里最显眼的位置。我买了一本，然后到书店附近的一家咖啡厅里读了起来。没读几行，我就彻底沦陷在了作品营造出的世界中，切身感受到了主人公的痛苦。作者叙事技巧老练，合理地运用反转技巧，情节展开得出人意料，就这样一步步将故事推向高潮。这才叫才华横溢，这才叫妙笔生花！这些，我心悦诚服。

可惜，在读完整本书后，我的预感也得到了证实：我早就知道《今天与你说再见》的设定、情节与结局。

“我这儿有个初步的点子，帮我看看好吗？这个点子行不行啊？”

---

① 在书店中，“平放”是一种常见的陈列方式，指将书或杂志的封面朝上，平放在台子上进行陈列，以便顾客能够清楚地看到封面，从而提高购买欲望。常用于陈列畅销书、新书或特别推荐的书。

我的脑海中浮现出罗列在笔记本上的一行行文字。那些只言片语还不能被称为小说，只能说是故事的雏形。

我的脑海中还浮现出望向我的一张面孔。那是小A，与我同期出道的新人小说家。

“故事的主人公是一名女刑警，她在上司的命令下埋伏在一座建筑附近，但是……”

当时她曾说想写个这样的故事，可惜后来始终没能写成。这些年我忙着工作，早就把她这号人给忘了。

小A是在某次同行聚会上将记录着各种点子的笔记拿给我看的。由于她只在刚刚出道那会儿参加过同行聚会，因此算起来，我在距今二十多年前就看过那个点子了。那时我们都很年轻，也都很不安，担心自己能够出道纯粹只是出于幸运，以后根本无法在出版业界生存下去。同为新人，我们常在一起切磋交流、交换信息，询问对方接下来想写点儿什么。她就是在那时将自己的创作笔记偷偷拿给我看的。

“我最不会给角色起名字了，你能不能帮我想想？”

我随便说了一个瞬间想出来的名字。

“嚯，这词儿好，语感奇异，还带着点儿虚无易碎的调调，很美。就它了。”

小A把我想出来的那个名字记到了笔记本上。

X老师的新作品，内容酷似很久以前我听小A提起过的那个点子。毫无疑问，X老师肯定通过什么方式知道了小A的点子，并以此为基础写下了《今天与你说再见》。小说主人公见到的那位本应早早死去的恋人，他的名字与我年轻时帮小A想出来的那个一模一样。

X X X

X老师在大众媒体中的曝光度很高，他那颇有丹蒂主义[①]格调的形象广为人知。多数人即便没有读过他的作品，也能认得他的照片。他的年纪已近六十岁，那张仿佛明星般的俊秀脸庞已在岁月的沉淀下显得更加优雅，韵味无穷。我并没有直接跟他说过话，只在出版社举办的聚会上远远地望见过他。当时他穿着一套颇显

① 丹蒂主义（Dandyism）：一种起源于18世纪末至19世纪初的欧洲文化现象，主要表现为个人的精致打扮，以及外界对个人外表和穿着的极度关注。丹蒂主义不仅是一种时尚追求，还演变成了一种生活态度和审美哲学。

昂贵的西装，单手拿着杯酒，正与围绕在他身边的一大群编辑谈笑风生——那个场景就像电影《教父》中的画面。

X老师目前仍是单身，但貌似跟很多女演员都谈过恋爱。他说话声音低沉，具有父亲般的威严，听来令人安心。估计有不少女性就是被他这种声线夺去了芳心吧。

时至今日，他的绯闻仍旧遍布整个日本。经常有人看到他私下乔装打扮，与女性外出同游。当他走进某个旅游景点的餐厅、被周围人认出来并索要握手签名时，他总会爽快地满足大家。

豪放磊落——这个词非常适合用来形容X老师。在一次聚会上，有个刚工作不久的小编辑不小心把饮料洒在了他的西装上。小编辑顿时吓得面如死灰，浑身颤抖。但X老师却咧开大嘴笑了起来，并没有怪罪他。

“别在意！堂堂男子汉，出版界还得靠你们扛起来呢！碰上这么点儿小事就怕了，将来怎么行?！”

X老师拍着那个小编辑的肩说。如果当时X老师大发雷霆，那个小编辑很可能就要被公司开除了。说句题外话，那位幸免于难的小编辑于日后创办了一本杂志，以一种年轻人特有的鲜活感性，在文艺圈刮起了一阵旋风。据说，他在功成名就之后，始终对X老师葆有感激与尊敬之心。

如果《今天与你说再见》是别人写的，我肯定二话不说就生气了："什么人，竟敢剽窃别人的创意?！"但由于这部小说封面上写的是X老师的名字，我的第一反应反而是困惑："为什么呢？"其中是不是有什么隐情？我之所以会这样想，大概是因为我在内心深处相信他的人品吧。他不是一个坏人——至少我希望他不是。

我重新对X老师的身世进行了一番调查。

根据X老师在随笔集里的自述，他出生于一个矿业城市，父亲臂力惊人，性子急，爱与人起争执。在他小的时候，家乡也曾十分繁荣，但后来，由于国内的主要供能资源从煤矿转变为石油，城里的居民四散离开，采矿场关门大吉，他的父亲也失了业，因此他在少年时代过着非常贫穷的生活。

他的学习成绩很好，完全能考上大学，但他十几岁就辍学打工去了。据说他一开始干的都是些日结的临时工，每攒下一笔钱就寄给家里。他的父亲就是在那个时候去世的，留下他独自支撑母亲的生活。

后来，为了能够多挣点儿钱，他横下心来了东京。

他在东京摸爬滚打，从在餐馆洗盘子到给日本黑社会开车，几乎什么样的工作都干过；他同时留心观察，把社会的阴暗面和各种人间百态尽收眼中。据说，在给黑社会开车的那段日子里，他曾被开枪的声音震得耳膜欲裂，也曾被硝烟的味道吓得魂飞魄散。

他二十五六岁时曾在深夜的街头与人打架，导致身受重伤，用了两周才痊愈。在家养伤的那段日子里，他为了解闷，随手写起了黑道小说，意外发现自己挺有写作才华。一个又一个场景接连在他的脑中浮现，一串又一串文字源源不断地从他的笔下涌出。他没有电脑，没有文字处理机，只能用铅笔写在笔记本上。写完以后，他将那个笔记本寄给了出版社。但由于字太烂了，编辑连看都没看。

尽管如此，他对写作的热情却从此一发不可收拾。每天，结束令人精疲力竭的工作后，他会回到只有四张半草席大的公寓房间接着写小说，一直写到意识模糊、昏死过去为止。完成了好几篇稿子以后，他才终于引起了编辑的注意。第一部引起编辑注意的小说描写的是黑帮间的斗争，刻画了暴力、爱与死亡。它虽然显得未经雕琢，却拥有一种惊人的能量，传达出写作者灵魂的温度。小说出版以后，他用自己得到的第一笔版税买下了有生以来第一套西装，回到凋敝的矿业城市，让年迈的母亲看到了自己西装革履的样子。那一刻，母亲紧紧地抱住了他，皱纹密布的脸上老泪纵横。

不过，X老师的处女作并未一鸣惊人。他是在某部作品被拍成影视剧后才火起来的。电视剧播出以后，他名声大振，创作之路也蒸蒸日上。从此他箭无虚发，推出的每一本书都极其精彩。而且他好像从来也不会遇到瓶颈，每年都能稳定出版好几本书，而且很多书店里有个架子常年摆放他的书。

我也搞不清《今天与你说再见》到底是X老师出版的第几本书了。他的作品数量实在太过庞大，其中不光有小说，还包括不少游记、评论集与对谈集，甚至还有绘本。

他的作品中最有吸引力的，还属他笔下的登场人物。读者可以透过那些角色的台词与动作，窥见X老师的男子气概，并因此心潮澎湃。我们阅读他的小说，同时也是在窥视他的内心；我们品味台词间流露出的诗意，同时也是在观察他的世界。说到底，我们之所以喜欢他写下的小说，还是因为热爱他的人格。

正因如此，我在读了《今天与你说再见》这部小说之后，才会陷入一种复杂的情绪。只要一想到这个故事并非出自X老师的头脑，我就有种遭到了背叛的感觉。

我想了解真相。

二

我从东京站出发，乘上了开往日本海一侧的新干线列车。车窗外的景色逐渐变化，出现了大片大片的山林。小A当年离开东京返回故乡时，透过车窗，望见的也是同样的景色吗？

我要去她的老家找她。我在出发前并未征得她的同意——这倒不是因为我不想，而是因为我通过电话、邮件全都没能联系上她。我把身体深深地陷进座椅，合上眼，慢慢回忆有关小A的一点一滴。

我第一次和她说上话，还是二十多岁的时候。那天，我们在一个新人作家的酒局上坐在彼此旁边。她戴着一副银边眼镜，长发披肩，五官立体。她告诉我，她在一所理工类大学读书的时候，利用课余时间写过几部推理小说。后来，她拿那些小说投稿参加新人奖的评选，其中一部成功挺进了最终评选阶段。主办方给她配了一位责编，指导她对作品进行反复修改，帮她出版了自己的第一本书。

我们在那天的酒局上聊到了自己喜欢的小说——喜欢的场景，喜欢的人物——然后相互交换联系方式，成了朋友。

那天聚在一起喝酒的所有人，都怀揣着对未来的期待与不安：我们虽然圆了自己的作家梦，但并没有一鸣惊人、名利双收——别说一鸣惊人、名利双收了，就连今后能否继续吃这碗饭都说不好。很多人没有成为专职作家的自信，打算找份工作兼职写作。但这并不影响大家对于创作的激情。在酒局上，我们频频因为理念不合而吵得面红耳赤。

“谁说小说一定要有起承转合?！”有人这样说。

闻言，有些醉鬼点头称是，有些醉鬼则愤而反驳：“只有外行才会说出这种话！‘起承转合’跟‘序破急’[①]这类东西，就像诅咒一样，哪个作家也逃不掉！”

“对，‘起承转合’是个怪物，根本避免不了。读

---

① 序破急：一种源自日本雅乐和舞乐的三段式结构概念，常用于描述事物的开始、发展和结束三个阶段。这个概念不仅在音乐和舞蹈中被广泛应用，还被引申到文学、演讲、商业等多个领域。

者就喜欢这样的节奏感，想让他们读着舒服，你就得这么写！”

“我说的就是这个‘舒服’！咱们有必要非得让读者舒服吗？难道作家是读者的奴隶？”

“读者不爱看，你的书卖给谁去？你清高，你不需要读者，那你干吗还出书？随便找张传单背面写写算了！”

所有人都喝大了，讲话也变粗鲁了。场面乱糟糟的，但洋溢着一种快乐的气氛。我和小A都没有参与争论，一直躲在房间的角落，乐滋滋地看着其他人吵。每个人的写作方式都不相同，有人擅长运用逻辑思维，有人善于倾听灵魂之声。我俩都觉得，像这样千人千面、百花齐放就很好啊。

“大家都好有意思。我身边从来没有过其他写小说的人，所以听他们这么聊天，对我来说很新鲜。”

小A说着，喝了口茶。小说创作者在生活中确实罕见。我在出道以前，也没遇见过其他写小说的人。我的作家朋友，都是在出道以后才结识的。

她饶有兴致地望着那些醉鬼，低声说道：“希望这间屋子里的所有人都能名利双收。”

当然，她的愿望并没有实现——我们也知道这是不可能实现的。自那以后，二十多年的岁月倏忽而逝。那个酒局上的人，只有极少一部分还在坚持写作，其余大多数都已谢幕退场。我成了仅存的几个人之一，可惜连我自己也搞不明白，自己为何能留到现在。有些人明明比我更有才华，写出的文章也更加犀利，但偏偏他们比谁都更早离开。也许，当一个人将全身心都扑到写作中时，由于每天都在拼命凝视“故事”这个深渊，那个人便很容易被深不见底的黑暗搞得精神失常。面对这样的深渊，人往往会吓得双腿发软，双手僵硬，最后，终于变得一个字也写不出来。

小A在第一本书问世以后，又继续写了一阵子，但她终究没能出版第二本书。貌似她的编辑认为，她写下的所有东西完成度都不足，不值得出版。我其实并不觉得那位编辑是个格外苛刻的人，毕竟我也读过小A的小说——不止读过她的处女作，也读过她后来写的那些未能发表的原稿。说实话，构成那些故事核心的创意都很不错，但作为一部完整的作品，它们确实差了点儿意思。

当时我顾及小A的感受，没有跟她说，她那过于一本正经的性格，也许给她的创作带来了一些负面影响：她写不出打破常规的作品。她笔下人物的行动和台词，没有一点儿出人意料之处，读起来有些寡淡无味。她的文字也像教科书一样，令人完全感受不到感情。

“我是不是不太适合当小说家啊……”

她的脑海中总有各种灵光一现的好点子，因而她的故事在萌芽阶段总是十分有趣。但她却不擅长将点子扩展成一篇完整的小说。有些作家天生就有谋篇布局的能力，有些人则是在努力磨炼技术以后，才终于学会那种本领。为了掌握那种技巧，她也读过一些讲述创作方法的书，但最终还是不行。

“我心里倒是有几个想写的主题和情节。我把它们都记在笔记本里了。下一次，我想写这样一个故事……主人公是一名女刑警，她在上司的命令下埋伏在一座建筑附近，但是……”

新干线停车，我到站了。下车后，我转乘私铁①继续前行。四周全是山。在小A放弃梦想离开东京以后，我俩还互赠过几年的新年贺卡。这回，我就是按照贺卡上写的地址寻迹而来的。她的老家是个旅游胜地，车站前的环岛上正停着几辆出租车，我也因此省去了叫车的

① 私铁：指由私人企业经营的铁路运输系统。在日本，私铁通常指的是除了JR（日本铁路公司）和公营铁道之外的铁路公司。私铁在日本的交通系统中扮演着重要角色，主要承担城市内或城市间的通勤运输。

麻烦。

天空阴云密布，清清冷冷，这让窗外的风景显得格外萧索。就这样，出租车开进了市郊的一片偏僻的住宅区。

我照着地址找到她家，看到一座老旧的木制房屋。门牌上写的并非小A的姓氏。也许她结了婚，改了夫姓？我按了按门铃，一位中年女性打开大门走了出来。那不是小A。

“请问您是哪位？”

我向她说明来意。由于我随身带着新年贺卡，便将那张贺卡拿给她看，并问她是否听说过小A这个人。先说结论：她是小A的亲戚，这块地和这栋房子原本都是属于她的，但她将其租借给了小A的母亲，直到十五年前才收回来。她还跟我讲了一些关于小A的事情。

“那孩子啊，一直都跟她的妈妈相依为命。”

她告诉我，小A的父亲原本是名公务员，但早早就因事故去世了。她在上小学时，一直是个成绩优异的好学生，还经常帮街坊邻居的孩子们补课。后来，她放弃写作回到家乡，找了一份办事员的工作。

“可是啊，十五年前，她的妈妈得癌症去世了。这个房子对她来说，可能还是显得太空了吧。她当时就决定要从这里搬走。对那孩子来说，这里是她从小一直生活的家，所以她在做出决定之前，肯定也纠结了很久。毕竟，这里有和妈妈在一起的回忆。搬走的时候，她把房子彻底打扫了一遍，给我送了点心，还留下了一封感谢的信。自那以后，我就再也没有见过那孩子了。直到现在我也不知道她搬去了哪里。当时她跟我说，等她彻底安顿下来就会跟我联系，但之后她再没给我打过电话，也没写过信。希望她现在过得好吧。……说起来，那孩子将要离开这里时，有个出版社的人从东京过来找过她一次。当时我还以为是她的第二本书要出版了呢，但可能我想错了。”

“从东京过来的？”

“是呀。那会儿她妈妈的葬礼刚刚结束，那个人放心不下，就来这里看她。”

中年女性回头看了看身后那座木房子。

“我记得，当时那孩子正要出门，因为是冬天，就穿上了厚厚的外套。她告诉我，有个出版行业的人从东京来到这里，她得去见见。她说话的时候显得挺紧张的。”

“您有没有问她，是哪一家出版社呢？”

“记不清了。也许当时问过，但那已经是很久以前的事了……”

我从没听说小A还出版过第二本书。不过，说不定她回老家以后又在当地搞起了创作？当时来的，也许就是与她合作的编辑吧。

我又问了几个问题，打探到了关于小A的一些信息，比如她的朋友、工作等。随后，我向那位女士道谢，转身离开。

我在附近一带散了会儿步，想象着小A在这里度过的幼年时代。锈迹斑斑的围栏，杂草丛生的空地，走街串巷的野猫……

小A还活着吗？我的脑子里突然出现了这个念头。

说不定，有人剽窃了小A的点子，然后为了灭口，把她给杀了。

比如说，有位编辑看到她的小说构思后将它强抢过来，献给了X老师。而X老师则仿佛这是他自己的灵感一样，理所当然地采用了那个点子，写出了《今天与你说再见》这部小说。事后，小A的存在开始显得有些碍事起来。不能让她活下去了……

不，这怎么可能，简直越想越离谱了！我努力驱散那些讨厌的想象，乘上一辆公共汽车，打算返回火车站。

抵达车站后，我朝小A从前当办事员时的单位走去。虽然她早就不在那里工作了，但说不定，那里还留存着一些和她有关的记录。

沿商业街朝前走的时候，我发现路边有个小小的书店。毕竟自己也是个小说家，所以每当在旅行途中看到书店，我都会情不自禁地停下脚步。我看到，书店在门口最显眼的位置，以平放的方式堆着《今天与你说再见》。书的封面上还包裹着写有“即将影视化！”的腰封。我的心情一时十分复杂——小A肯定来过这家书店——然而，这本书上却完全找不到小A的名字。

不过，那个点子真的由小A亲笔扩写的话，《今天与你说再见》不知道还能不能卖得这么好了：她缺乏把故事讲得妙趣横生的能力。不得不承认，这本书之所以会如此畅销，很大一部分应该归功于X老师的本事。

她到底知不知道自己想出来的点子被其他人写成小说了呢？她同意了吗？我想知道小A的现状。如果能够见到她，和她聊聊，也许我的心情就能恢复平静了吧。

墙上挂着一张签名色纸[①]。我忽然注意到了什么，于

① 签名色纸：通常是一种正方形或长方形的白色厚纸，供名人、偶像或其他重要人物签名时使用。这种色纸不仅用于个人收藏，也常用于粉丝见面会、签名会等场合。

是朝它走近，想要仔细看看。从刚才起，店主人就一直从旁观察着我的动向，此刻他忽然开口向我搭话。那是一位年纪很大的男性。

“你知道那是谁写的吗？我要是告诉你，准保得把你吓一跳。”

色纸的角落里，写有一个日期。那是十五年前的冬天。

“看见他走进这家店的时候，我还以为自己眼花了呢。我认得那张脸。我试着跟他搭了句话，结果他很爽快地回答了我。虽然他的表情看起来有点儿可怕，但他其实人很好呢。当时他说，他正在这个地方旅游。最近他新出版的一本小说也很有意思。真不知道，他到底是怎么想出那种故事来的。”

说着，店主举起一本《今天与你说再见》的单行本[①]拿给我看。墙上签名色纸上，正是X老师的手笔。

他在十五年前，来过这个城市？

那么，来看小A的那个出版行业的人，难道就是……

① 单行本：一种书籍出版形式，指不属于某一丛书而单独出版的书籍，多见于漫画与轻小说的出版。内容可以是从报纸、杂志上分期发表的作品，也可以是从未发表过的作品。

X X X

“我上次见到X老师，好像是在去年年底的聚会上吧？他真是风采依旧、不减当年啊。他的身边总是围着一大群人，所以离很远都能知道他在哪儿。那爽朗的笑声也是一点儿没变。他的声音就像低音炮一样，穿透人的五脏六腑，也穿透了会场里的一片嘈杂，格外清晰地回荡在整个房间里。那天，我带着一个新出道的作家，去找X老师寒暄问候。那个新人紧张得哟，整个人都僵住了。不过这也很正常啦，X老师可是盛产超级畅销书的明星作家啊。对于那个新人来说，面对X老师，就相当于面对自己想要攀登的最高山峰一样，怎么可能不紧张呢。不过，X老师不管是对我这样的编辑，还是对新人作家，都是一点儿架子也没有的。他人真的很好。”

返回东京后的第二天，我去找了一位跟我有些交情的编辑，向他打探情况。虽说通过X老师的随笔集和访谈稿，我已大致掌握了他的人生经历，但我仍觉得，他肯定还有着不为人知的另外一面。

“他应该是住在东京都内，因为他晚上经常出入酒吧俱乐部，玩到很晚以后，就回到都内一座超高层公寓里。还有传言说，他在关东近郊[①]买下了一座山，在山上给情人建了一座壮观的豪宅。听说啊，他不在东京都的时候，就是在那里生活的呢。真不愧是X老师。”

说不定，小A现在已经成了X老师的情人——我兀自想象起来。这当然不是没可能的。也许小A和X老师私下里一直有着交流，关系匪浅，只是我不知道罢了。也许，小A曾让X老师一见钟情，母亲去世以后她就去到他的身边，成了他的情人。也许，放弃了创作的小A，主动将自己的点子提供给他，让它在他手里结出《今天与你说再见》这颗果实——这当然也是有可能的。

十五年前的冬天，X老师曾去过小A的故乡。我在书店里偶然看见的那张签名色纸，估计就是他在那个时候签的。得知此事以后，我又前往小A曾经工作的地方看了看，结果发现那家公司已经倒闭，早已人去楼空。我没在那里找到任何有关小A的线索，便又坐上新干线返回了东京。

我望着车窗外的风景，心里琢磨着到底该对这件事追查到什么程度。虽然我想了解真相，但X老师的影响

① 关东近郊：指的是围绕东京都及其周边地区的区域，包括神奈川县、埼玉县、千叶县、茨城县、群马县和枥木县等。这些地区在地理、经济和文化上与东京都紧密相连，形成了一个庞大的都市圈。该地区是日本经济最发达的地区之一。

力实在太大。如果我查明真相，让全社会都知道他在创作小说时挪用了别人的点子，那么他的形象无疑将会遭受重创。有些读者可能会感到愤怒，出版社说不定还得正式出面谢罪。而将这个秘密揭露出来，给X老师和出版社带来巨大麻烦的我，肯定也会被很多人记恨吧。也许，我会被整个出版业界封杀。到底是该继续追查下去，还是再也不去沾惹这件事情，装作什么也没看到就算了呢……

“也不知道X老师的情人，都是些什么样的人，您见过吗？”

“怎么可能。不过肯定都是些大美女啦，像是以前做过高级女招待的那种人。”

我在脑海中将小A的形象与他所描绘的那种情人形象相对照，感觉很不对劲。

“您有没有听过什么传闻，说在他的众多情人里也有当过作家的人？”

“还真没有哎。您是听说过这一类的八卦吗？”

“从前我认识的一位女作家，名字叫小A……不，没事，还是算了。请您把这话给忘了吧。”

我含混地敷衍几句，结束了这段对话。那天，我从编辑口中又听了几件X老师的英雄事迹后，便与他作别。

后来，我就一头扎进了工作中。虽然我对X老师与小A的关系感到好奇，但毕竟不能把全部精力都花在这件事上。为了生活，我不得不努力写作。我把自己关在家里，写出版社跟我约的短篇小说，完成了几篇随笔，又构思下一部作品。此外，我还读了几部让我颇感兴趣的作家的新书，又在网上四处搜集能够拿来当素材的文章。

我把有关小A的事情，胡乱塞进了自己脑海中的一个角落。我选择先不去理会这件事，因为只要我一想起她，就工作不下去。年轻时的她，年轻时的我，还有围绕在我们身边的所有新人作家们的激情。每念及此，那些令我怀念的人、事、物，都会一齐涌上心头，令我胸口作痛。虽然我现在仍以写作为生，但对小说的创作热情却早已不复当年。我早已没有了那种想要创造出一个新天地的万丈豪情。现在的我，为了生活，每天都重复着一套同样的做法，好像纯粹依靠惯性似的，不断编织着一个又一个并不新鲜的新故事。那时候的我们要是看到现在的我，肯定会嘲笑道："我可不想变成那副德行。"

一周以后，工作总算小小告一段落，我也终于走出家门。我去买了点儿东西，逛了逛书店，然后到咖啡馆里读了会儿书。当我乘坐电车返回离家最近的那一站时，天空中已经布满绚烂晚霞。上一秒，都市的高楼还映射着黄昏的余晖，玻璃发着金光；转眼间，西沉的太阳就已落入了地平线下，将所有影子拉得很长。

在我住的那栋高层公寓门前，正停着一辆黑色高级轿车。我一边心里想着，也不知是哪里来的有钱人临时把车停在这儿了，一边直接从车旁走了过去。就在此时，我的背后传来了车门打开的声响。

有人叫我的名字。我转过身，看到身后站着一位我认识的人物。他的声音仿佛低音炮般，低沉响亮。

“我想跟你聊聊。先上车吧？”

我面前站着一位名人，毫无现实感的场景。

“怎么？你应该认得我吧。咱们不是在聚会上遇见过好几回吗？虽然从来没有说过话。”

“……是啊，我确实，从来没有跟您好好打过招呼呢。X老师。”

我颤抖着，向他颔首致意。他的个子比我高上许多，体格也很健壮。他那西装革履的样子，帅到可以直接去给男性时装杂志当模特。高级轿车的驾驶席上坐着一个男人，此刻正隔着车窗玻璃盯着我看。看那架势，如果我想逃跑的话，那家伙肯定会从车里冲出来当场把我抓住。

“请你务必上车。我会把真相告诉你的。来，这边请。”

他手掌向上，优雅地做了一个“请”的动作，将我引向轿车后排。那身段，那动作，简直像顶级餐厅里的侍者。我犹豫片刻，还是坐了进去。车内充满了一股独特的香气——不像是香水的气味，更像是格调更加高雅的熏香。这到底是什么味道呢？我很好奇，但车里的气氛让我实在难以开口询问。

X老师坐到我身边，关上车门。接着，司机便发动了车子。轿车开进了高速公路，飞快地行驶着。

“请问我要被带到哪里去呢？”我问X老师。

“去A那里。”

“小A？”

“嗯，没错。有人跟我说，你正在调查她的事情。她挺好的。”

从X老师口中听到这位旧友的名字，我吃了一惊。

高级轿车朝着远离市区的方向驶去。车窗外面，是漆黑的、一望无际的夜。

三

X老师此刻就坐在我身边，这个事实叫我紧张到多次想吐。我们好像聊了聊自己对对方作品的看法，但具体都说了什么，我已完全记不清了。他竟然会看我这种寂寂无闻之辈的书，这叫我很是意外。在极度的压力之下，我逐渐丧失了对时间的感觉。我甚至开始担心，自己会不会永远就这样行驶在夜晚的高速公路上，再也回不到现实世界。

车子终于由匝道驶出高速公路，开上了一条普通的道路。这里已不再是东京，四周全是大片大片的农田。由于几乎没有路灯，车窗外永无尽头地延伸着漆黑单调的世界。

“这是哪里？”我问。

X老师说出了位于关东近郊的某个城市的名字。“我想带你看个地方。到了那里以后，咱们就能坐下来好好聊一聊了。”

车窗外的无边黑暗，仿佛忽然被剪掉了一块似的，显露出一片闪闪发光、四四方方的土地。它像机场跑道般独自凸显在黑暗当中。一排排塑料大棚立在那片土地上，虽是夜间，里面也被灯光照得辉煌灿烂。我们的车一路前行，穿过架在河流上的桥，沿途没遇到一辆车。抵达河对岸后，四周开始变得雾气弥漫。

车子上了山路，驶过接二连三的急弯，忽然间，我们面前出现了一座巨大的门。那门的顶端盖有瓦片屋顶，令人联想起寺院的山门。车一驶近，那门便自动打开了，也许它是感应式的吧。好端端的，一条普通道路上为什么会忽然出现这样一个东西？我感到奇怪，又转念一想，也许从刚刚进山的地方开始，就全是属于X老师的地盘了。

轿车停在了一片铺满白色石子的停车场上。在X老师的催促下，我下了车。只见山坡的斜面上星星点点散布着数栋房子。窗子里亮着暖黄色的光，似乎有很多人在里面。石板路与石阶将那些房子相互连在一起，沿途有石灯笼照亮脚下的路。

“这座山上的一切都属于我，今天你就先在这里休息休息吧，山上还有温泉。一会儿我安排人给你端些酒菜。来，这边请。”

X老师迈开步子朝前走。他的气势极具压迫感，令我不由自主地跟了上去。我们进入了一片竹林，伴着山涧的潺潺水声，走在石板铺成的路上。竹林中散落着几个看起来像是茶室的小屋，小屋中似乎传出了古琴的琴声。

“这音乐是？”

“有人在里头练古琴呢。”

走出竹林，我们面前赫然出现了一大片密集的房子。很多人在这里往来穿行，大家全都穿着一模一样的浴衣[①]样式的服装。人群当中，还有一对带着孩子的男女。

“这些人是？”

“用人。他们全都是拖家带口来这里工作的。山里有托儿所，所以他们不用担心养孩子的问题。”

从我们身边经过的人，只要一见X老师，都会默然肃立，向他低头致意。X老师一边轻轻颔首回礼，一边对我解释道：“他们的工资，都是从我出书的版税和小说影视化的版权费里支出的。住在我们这儿的用人，都是因为近来经济不景气而失业的人。”

我们往前又走了一段路，来到一座看起来很像温泉旅馆的巨大建筑前。穿过正门走进去，便可看到黑檀木

① 一种休闲和服，一般用纯棉制作，穿着简便。在日式温泉旅馆中，通常会为住客提供这种浴衣。

的柱子和地板。有位用人模样的老年男子正在入口等着我们。我们在土间[①]将鞋脱下后，他立刻就把鞋收进了鞋柜里。

X老师领着我在这栋建筑里转了一圈。走在沿着山坡斜面搭建的回廊上，可以看到被五彩灯光照亮的庭院。如果此时是红叶季节，景色想必一定十分绚丽。

“这座房子有很多娱乐设施，同时兼做客房，对用人们也同等开放。这里不仅有温泉和桑拿房，还有剧院、酒吧和游戏室，你可以在游戏室里打台球、唱卡拉OK。图书室也很受欢迎，那里收藏了各种各样的图书，其中还有不少漫画，所以孩子们也愿意泡在里面。”

走廊沿途有很多房间，不少用人模样的人携家带口地在其间进进出出。他们看到我们后，也都毕恭毕敬地垂下了头。

“我先去换身松快点儿的衣服。你在这里稍微休息一下吧。”

① 土间：日本传统建筑中的一种室内设计形式，通常与屋外相连，整体低于屋内其他空间。在过去，土间常被用作厨房或手工作业场所；在现代民宅建筑中，土间已经缩小为一个类似“玄关”的地方，成为进、出之间的一个过渡区域，主要用于脱放鞋子。

X老师领我走到位于僻静处的一个日式房间，在门口与我分别。紧接着，不知从哪里忽然冒出一个年纪很大的女佣，替我在房间里铺好坐垫，又摆上些日式点心。我坐了下来，但由于那个用人一直沉默无语地站在角落里，搞得我总有点儿心神不宁。

从窗子可以一直望到山脚。夜半时分，外面几乎一片漆黑，只有远处地平线的位置有着城市的璀璨灯火。这一切都是真实的吗？我怀疑自己是不是误入了仙境。整座山被一种香木焚烧时的烟气笼罩着，而在那种香味中，人会恍若踏入神社佛阁般，生出肃穆的心情来。

“请问有厕所吗？”

我试着问了问那个老女佣。她沉默着向我点了点头，然后带我走了出去。厕所离我所在的那个日式房间并不算远，我感觉自己能找得回去，便让她先行退下，自己进了厕所。

上完厕所后，我返回走廊，却忽然听见有人叫我。

“喂，我说，你该不会是……”

是个男人的声音。我抬头，只见一个戴着眼镜的中年男人正站在我面前。这人好眼熟啊。尽管他的头上多了些白发，但我还是认出了他——这是一位小说家，从前曾在出版社举办的聚会上和我交流过。由于已有将近十年没在聚会上见过他了，我几乎把他给忘记了。

他朝我走过来，脸上的笑容显得对我十分怀念。

“嚯，你也要在这里工作了呀？以后还请多多关照。”

我定睛细看，发现他身上穿的服装和刚才我们遇见的那些用人一样。虽然我还不清楚具体情况，但我猜他应该也是受雇在这里工作生活的吧。在他身后，跟着一个女人和一个孩子。他注意到了我的视线，便介绍说：“这是我的妻子和女儿。我和妻子是在来到这里以后认识的。”

我向他的夫人和孩子问候致意。我告诉她们，我和他是旧相识，也是同行。

“话说回来，见到你我可真高兴啊，真怀念过去的日子。你被分配到哪个工作室了？”

工作室？他在说什么？我不由得疑惑起来，但他并未注意到我的反应，自顾自地说了下去：“我是在‘设定’工作室。每天从早到晚，我就在那儿琢磨各种各样的设定——其中也包括登场人物的设定。回头记得来找我玩儿啊。”

虽然我还是一头雾水，但“设定”这个词却忽然勾起了我的一些回忆。从前，他的小说在设定方面总是十分讲究。他主要是写科幻作品的，在小说里，他为与故事主线无关的人物，甚至小道具，都进行了非常细致的背景设定，着力于构筑具有真实感的作品世界。然而，正因如此，他的小说本身可就不怎么好看了。记得有一次，我在读他的作品时发现里面连篇累牍地讲解着各种设定，眼看整本书都快结束了，故事情节却仍毫无进展，不由得吓出了一身冷汗。

“这里可是个好地方，像我这种失败的小说家也有活儿干。回头咱们一起到游戏室里打麻将吧，我来负责凑人。话说，如果我想找你聊天的话，该到哪个工作室去找你啊？”

“这个嘛，我才刚刚到这儿……”

“嘿，你还没分配呢？”

我正含糊其词，小孩跑到他的腿边纠缠起来。那是一个只有两三岁大的小女孩。她揉着眼睛，看起来很困。

“我差不多也该回房去了。没事，只要都在这儿生活，咱们肯定还会再见面的。今天能跟你聊上一会儿，我真是太高兴了。”

他说完便带妻女走了。临别时，他的夫人冲我微微点了下头。

回到房间以后，我发现用人已经备好晚餐。桌上摆着一些装有日式菜肴的小碟和几瓶啤酒。酒菜一共两份，分别摆在桌子两侧面对面的位置。我紧张地缩着身子端坐在坐垫上，没过一会儿，穿着日式服装的X老师便现身了。他在我的对面盘腿坐下，身上散发出一种极强的压迫感，让我觉得自己面对的是一个黑帮老大。用人在我们面前的玻璃杯里倒入啤酒。我觉得一阵眩晕，简直搞不明白自己为什么会身处此情此景。就这样，我在一种马上就要晕倒的状态中开始用餐。

“听说你遇见了一个作家旧友，还聊了会儿？”

“是的。我们是碰巧遇见的，他叫住了我……”

我从小碟子里夹起一块煮菜，放进嘴里，但完全食不甘味。

“你们都聊什么了？”

“他问我被分配到哪个工作室了。”

X老师张开大嘴，笑了起来。那是一种从丹田发出的、中气十足的笑声。笑过以后，他端起啤酒心满意足地喝了一通，长长地吁了口气。

“那家伙误会了，他以为你是被我们选拔过来工作的呢。不过这也难怪，毕竟来到这座山里的作家都被分配到各个工作室去了。”

“工作室是什么？”我问了一句，但其实我的心里已经猜出七八分了。当然，为了验证我的猜测，我还是需要听X老师亲口说出答案。

他一边用筷子夹起一块贝类刺身，一边说：“这座山上有些被称为工作室的小房子，大家采用分工的方式，共同创作小说。”

我一口气喝光杯子里的啤酒，心想，果然是这样啊。

“很多漫画家不是都会请助手帮他们画背景吗？拍电影就更复杂了，摄影师、灯光师、美术师、服装师等各个领域的专家聚在一起，才能制作出一部作品。我在写小说的时候，也采用了同样的方法。”

X老师朝用人招了招手：“麻烦给我烫一壶酒。”

说完以后，他看向我，充满自嘲地笑了笑。

“我对世人隐瞒了真相——其实我并不是自己一个人写的小说。现在你知道了，心里做何感想啊？很看不起我吧？”

“不。多个写手共用一个名字创作小说的例子并不少见。埃勒里·奎因[①]是，冈岛二人[②]也是。”

“也对。不过，他们并没有像我这样欺骗世人。我啊，聚集了一群专长各异的作家，让他们生活在同一个地方一起搞创作。你是不是也遇见过那样的作家？比如有的人虽然很会写登场人物之间的对话，但是故事架构却完全不灵；有的人能想出绝妙的推理诡计，写出来的文章却狗屁不通；还有一些人，明明能想出堪比大文豪的惊才绝艳的比喻，但除此以外便一无是处。我总觉得，如果那些人因为卖不出书而退出文坛，未免太过可惜。所以我便买下了一座山，让他们住在山里。可世上的人还以为我是给情人买了一座豪宅，成天沉迷在温柔乡里呢。”

用人向X老师的酒盅里注满日本酒。他看起来仍然十分清醒，我却已有些醉了。在酒精、佳肴和香木芬芳的夹击下，我已醺醺然地感到一阵陶醉。

① 埃勒里·奎因（Ellery Queen）：美国推理小说家曼弗雷德·班宁顿·李（Manfred Bennington Lee,1905—1971）和弗雷德里克·丹奈（Frederic Dannay，1905—1982）表兄弟二人使用的笔名，他们开创了合著推理小说的先例。其代表作有《罗马帽子之谜》《希腊棺材之谜》《法国粉末之谜》等。

② 冈岛二人：日本推理小说家井上泉（1950—）及德山谆一（1943—2021）所共用的笔名。其代表作有《然后，门被关上了》《99%的诱拐》《克莱因壶》等。

“我小说里的人物对话，都是由专门负责‘对话’的工作室经过反复推敲写出来的。从那个工作室里诞生的台词句句精彩绝伦，单凭我自己是绝对想不出来的。我会在各个工作室之间转来转去，给大家下指示，对文章做调整。我不在山里的时候，就由熟悉我作品结构和想法的人来代替我做这些。”

据X老师介绍，只要由那个人负责统筹，那么，忠实再现X老师的风格也并非一件难事。他会将X老师常用的描写方式和作品主题融入作品中，在“让作品具有一种比X老师更像X老师的灵魂”这件事上，真是帮了大忙。

“我很尊敬在各个工作室里辛勤耕耘的作家。他们在创作中各有千秋，只是有点儿过于‘偏科’。他们和你不一样，不像你那样能放眼全局，均衡照顾到每个部分，不像你那样能独立完成一部作品。他们都是一些满身缺陷的作家，因为得不到读者的喜爱打算放弃写作之路，退出文坛。我给了他们工作，让他们有能力生活下去。而且我跟他们都有言在先，如果有谁不愿意再跟我一起写小说了，随时可以自由离开。不过，到目前为止，似乎所有人都过得挺满意的。他们为了让这里的生活变得更好，总在一起相互切磋，努力给我帮忙。”

我想起了小A。她虽然总能想出好点子，但其他方面的能力都不太行，因此在创作中遭遇挫折，一蹶不振。

“小A也在这里的工作室里供职吧？”

“嗯，没错。我在她母亲刚刚过世那会儿找过她。我问她要不要到我这里来工作。现在，她从属于‘故事’工作室，也就是在小说创作中最重要的一个部分。那个工作室里除她之外还有几个人。他们都学习过剧本理论，就像好莱坞的电影编剧一样，一起创作着故事的情节梗概。她格外擅长构思故事的基础部分。只是很不凑巧，她今天好像出门采风去了。你不会说你现在就要回去吧？不如今晚先在山里住下，明天见过她以后再回？”

不知什么时候，我的面前也摆上了一个盛有热酒的酒盅。我含了一口酒在嘴中，黏稠滚烫的酒液散发出的丰盈香气立刻充满了我的鼻腔。我的酒盅空了，X老师便亲自拿起酒壶为我斟酒。

“我听说，你很怀疑我和小A的关系，是吧？好像你还跑到她的家乡去了。我想你肯定很快就会查明真相的，所以就像今天这样找你见面，把话跟你挑明了。你是不是发现，我前阵子出的新书用的是小A的点子？那个故事貌似在她心里已经酝酿很多年了，所以我猜，你是不是从什么地方听说过她那个点子？”

“我之前确实怀疑老师您剽窃了她的创意。但我万万没有想到，您竟然是采用分工的方式写小说的。”

“如果换我处在你的立场上，肯定会觉得很愤怒吧。说老实话，我的心里其实挺内疚的，因为世人都以为我是自己一个人写出那些作品的呢。大家都以为，我作品里的每一个字都诞生自我的灵魂。要是他们知道，那些文章是很多人一起写出来的，肯定会很失望吧。但是，为了守护这座山里的人们的生活，我也只能继续以我的名义不断产出一部又一部的畅销书。喂，我说，我有个小小的建议——你有没有兴趣在这里工作？我拜读过你的作品，我可写不出那样的故事。如果你肯来山里的话，我以后可就更有底气了。来吧，加入我们，帮我一起写东西。只要作品冠上我的名字，出版社就会努力帮忙宣传，影视公司也会立马找上门来。虽然跟大家一起合作，你不能独立掌控所有环节，但相反地，即使你陷入低谷、什么也写不出来，也会有人在你身后接住你的。这儿可是个好地方哟。自己一个人写小说很孤独吧？很痛苦吧？但在这个地方，总会有人帮你分担写作上的痛苦。而且在这里，等你老了以后，生活也会有保障的。”

听到他的建议，我的心里生出一种纯粹的喜悦，因为我感觉自己的能力获得了认可。我请用人给我拿杯水来。然后，我面向X老师，郑重地拒绝了他。因为我知道，自己是没有能力与人合作的。

“哦，这样啊。太可惜了。”

X老师这样说着，满脸落寞地将杯中热酒一饮而尽。

四

当晚我就直接住在吃饭时的那个日式房间里了。晚餐过后，X老师起身离去，而我则在用人的带领下前往大浴场。

大浴场的室内有浴池、按摩浴缸和桑拿房，室外则有露天浴池。我来到露天浴池，泡在从岩石中涌出的温泉水里，透过蒸腾的水汽眺望星空。风中混杂着山中林木的香气。我不禁想，在这样的地方生活、写小说，也确实是件挺幸福的事情。

我的身体逐渐暖和起来，紧张和疲惫全融化在热水里消失不见了。我又轮番在桑拿房与冷水浴中泡了个痛快，然后才回到更衣室穿好浴衣。大浴场里有自动贩卖机。无须塞入硬币，直接按下按钮，就有冰冰凉凉的瓶装茶掉落下来。用人告诉我，在这里，基本所有的饮料、餐食、点心与各类消耗品都可以免费领取。

我回房时，被褥已经铺好了。我关上房间的灯，钻进被窝，回忆起今天发生的一幕幕。X老师刚出现的时候真是把我给吓坏了，但现在我庆幸自己能来这里看看。毕竟，对于《今天与你说再见》的剽窃疑云，我在心中早已做好面对更可怕结果的准备了。

如果X老师强行偷走了小A的点子，那我肯定会看不起他。但是，真相貌似并非如此。小A只是受雇成为他的智囊，拿钱为他提供点子罢了。这样一来，我就没有资格再去说三道四了。

自打我们来到山里后，与我们擦肩而过的所有用人都对X老师恭敬有加；而且，我在走廊里偶遇并与之简短聊了几句的那位作家旧友，也说“这里可是个好地方”。如果我是X老师的狂热粉丝，那么也许我会抱有一种更为复杂的心情，但事实上，我并没有把他神格化到那种程度。我在心里一直都是把他当作一位老前辈和畅销书作家去尊敬的，而那种尊敬之情此刻也丝毫没有减损。不，岂止是没有减损，当我得知他为那些即将消失的小说家们提供了一个发光发热的舞台时，我对他的尊敬之情反而更强烈了。

这是一个安静的夜。我闭上眼，侧耳倾听。

刚来山里时听到的那种古琴音色，此刻又在我的耳畔响起。

没过多久，我就睡着了。

“……先生……快起来……”

一个女人的声音将我从睡梦中唤醒。

整个房间黑乎乎的，我记起，这里不是自己的家。此刻，有个人正跪在我的被褥边上看着我呢。借着从窗子洒进来的月光，我能隐约看见那个人的脸庞。那是一个女人，鹅蛋脸，戴着眼镜。

“喂，快起来。”那是小A的声音。我还以为自己睡迷糊了，定了定神，才发现一切并非梦境。我吃了一惊，腾的一下坐了起来，想说点儿什么，但因为刚刚睡醒，嗓子还发不出声音。

“别出声。”她的眼睛警惕地瞟着四周。

“……好久不见，小A。”我憋了半天，只说出这么一句。

幽暗当中，我看见她微微笑了一下。

“我还以为，你早就把我给忘了呢。你会跑到这里来，真叫我完全没想到。”

“我看了X老师的新书。故事的构思，是你从前跟我讲过的。”

“大意了……”她可能已经忘了自己曾给我看过那本笔记了。

“不过，你怎么三更半夜跑到这里来了？”

得是多么紧急的事，才会让她专程跑来把我叫醒？我从她紧张的表现中，嗅到了一丝不祥的预感。

“之前他们跟我说，你出门采风去了，得到明天才能回来啊……”

“假的。我一直都在这座山里，和平常一样，就在工作室里干活儿。知道吗？你现在有危险了。最好赶在天亮之前离开这里。”

小A压低声音说道。看她那个样子，不像是在跟我开玩笑。不知是不是被月光照着的缘故，她的脸色显得十分苍白。那张脸比我记忆中多了一些皱纹，但仍十分姣好。

“危险？”

“你是不是跟X老师谈话来着？都聊什么了？”

“聊到你们在用分工制的方式写小说。他说这座山里有几个工作室，聚集了一些发展受挫的作家在这儿工作。”

“嗯，没错。我在‘故事’工作室里，跟‘诡计’工作室的交情很深。那个工作室里聚集了一批没能适应写作工作的推理小说家。遇到推理小说的项目时，我经常会请他们帮我出出主意。今天，那个工作室收到了一个紧急需求，说让他们帮忙想个诡计，用于无声无息地消灭一个人。”

小A听说，该工作室收到的需求内容十分具体。想要消灭的人物的性别、年龄、身高、体重以及其他各类信息，全都仔仔细细地写在了需求书上。小A到那个工作室去的时候，碰巧看到了那份需求书。

“我一看就知道那个人是你。因为事前我听X老师说过，你在对我进行调查呢。当然，那份需求书被送到‘诡计’工作室的时候，名义上说是为了创作推理小说，需要想出一个实施完美犯罪的方法。不过我知道那是扯谎，X老师肯定是想通过那个诡计让你消失。”

“怎么会！”

但我无法断言这是不可能的。为了避免我将自己在此处的见闻散布给世人，他有充分的理由对我灭口。我想起，他在听到我谢绝在此工作时说了一句“太可惜了”。他当时肯定在想，既然我无法成为他的同伴，那就只能消灭我了。

“这样下去，估计你就该‘被失踪’了。你会成为众多下落不明的失踪人口中的一员。”

了解了自己此刻的处境，我站了起来。

“看来不赶紧下山是不行了。”

“对，最好快点儿。我来给你带路。”

“那你呢？你跟我一起逃吗？”

“我要留下来。这里有我的工作，还有我的家庭……我是来这里以后遇见我先生的。我想守护好这里的生活。所以，求求你，如果你能平安出山，请别对任何人泄露真相。我知道，在你被人追杀的时候提出这样的请求，实在有点儿过分。但，如果你能向我保证的话，我会拿你的承诺当条件，去找X老师交涉一下看看。我觉得，如果你能保持沉默的话，X老师就不会对你下手了。”

我迅速换好衣服后，我们出了房间。看看时间，此时正是深夜三点。走廊里的灯都熄了，天昏地暗，但这也刚好让我们得以躲在夜色中潜逃。走廊沿着山体斜面而建，仿佛迷宫般弯弯绕绕。单凭我自己想要走出这里，肯定很困难吧。我压低身体，紧跟在小A后面，终于走到了大门口的位置。我们从鞋柜里找出自己的鞋，出了门。

凉丝丝的空气里飘着白色的薄雾。石灯笼发出橙色的光，渗进雾气中成为一个个圆圈，连缀起来勾勒出石板路的轮廓。我们朝着山脚的方向进发，走到林立着很多日式建筑的地方时，路变成了一条条错综复杂的窄巷。我觉得自己仿佛迷失在一个噩梦中了。

正当我们走在竹林间的小路上时，我忽然感到了人的气息。

"快躲起来。"小A拉着我的手，将我拽进竹林。我们趴到了地面上。土的气味直钻进我的肺里，叫我喘不上气。

手电筒发出的光晕穿透雾气逐渐逼近，终于来到了我们刚才站立过的地方。我看到了一个年迈的男佣。他的脸上没有表情，仿佛戴了一张能面①。他用手电筒的灯光四处照着，好像是在找人。幸运的是，他没有发现

① 能面：日本传统戏剧"能剧"中所使用的面具。能剧是一种佩戴面具演出的古典歌舞剧，已有600多年的历史。能面由桧木雕刻而成，表面涂有颜料，分为翁面、老人面、鬼神面、女面、男面、灵面等。能面的五官与真人极为相似，但表情却难以理解，常给人一种似笑非笑、耐人寻味的感觉。

我们，径自走了。

“看来，他们发现我不见了。”

“咱们快穿过这片竹林吧。”

我们没再走石板路，而是在泥土裸露的地面上继续前行。四周一片漆黑，就连月光也被竹叶遮挡住了。我们看不见对方的脸，只能听见彼此的呼吸。

“对不起，害你变成这个样子。”黑暗中传来小A的声音，“你是因为担心我，才去调查我的行踪的吧？”

“我怀疑他剽窃，因为我发现，我帮你想的那个角色的名字直接被用在故事里了。”

“原来是这样啊，我都忘了那个名字是你帮我想的了。知道真相以后你很瞧不起我吧？为了生活，为了赚钱，我一直都在给X老师当枪手，早就放弃自己写小说了。因为我没有能力，写不出好的文章，也创造不出有魅力的登场人物。我唯一能做的就是出点子，给故事提供一个雏形。所有在这座山里落脚的作家都一样，都是只会做一件事的人，为了生存下去，我们成了支撑X老师写作事业的一个个齿轮。”

“其实我也差不了多少。最近，我也纯粹变成为了生活在写作了，早就没了刚出道那会儿的激情。那个时候，咱们好像经常聚在一起喝酒来着。现在，那样的聚会也早就没了。”

“真怀念啊。我记得咱们还在那个谁的房间里一直喝到电车始发的时间呢。但是，当时那拨人里，现在还在写小说的，只剩很少的几个了……我真的很崇拜你。”

“崇拜我这个一部畅销书都没有的人？”

“多了不起啊，单靠自己一个人写出那么多小说，还都成功出版面世，真的很不简单。”

“不过，跟X老师的小说比起来，我的小说跟不存在也差不多了。”

我被埋在土里的什么东西——好像是竹笋——绊了一下，险些摔倒。

我在黑暗中伸出手臂，一边摸索着前方有没有竹子，一边小心前进。

“我啊，总想做点儿跟小说沾边的工作。即使是在我写作受挫离开东京以后，这个想法也没有变。所以，当X老师对我伸出橄榄枝的时候，我是很开心的。即使不能以自己的名字发表小说，只要我的点子能被采用我就很满足了。一本书，只要以X老师的名义出版，就能收获很多读者，也能感动到很多人。那么，即使我的名字不出现，我也无所谓了。在这里，大家一起合作，每个人都不用独自面对写作时的孤独，可以彼此分担，减轻痛苦……毕竟，写小说啊，就像是在一条看不清脚下的、漆黑的道路上摸索前行。”

从竹林穿出来以后，我们的面前出现了一道陡峭如悬崖的山坡。我俩手拉着手，小心翼翼地走下山坡。然后我们穿过那片铺满小卵石的停车场，又走了一段山路，忽然看到前方出现了一座日式建筑的大门。

“我只能送你到这里了。”小A止住脚步，她似乎打算就送我到这里了。

“前边我一个人也没问题了。谢谢，谢谢你帮我。”

“今天能跟你聊聊，我很开心。你写的小说我全读过，一本都没落下。刚才你说，你现在写作纯粹就是为了谋生，我不同意。不要那么贬低自己。我在你的每本小说里都能感受到你的灵魂。不是畅销书又怎样，反正我会一直期待你的作品。能认识你真好。从今往后，你也要继续写下去啊，要一直一直写下去啊。”

月光洒下来，照亮她的脸。我们都已不再青春年少，她的眼角也已爬上皱纹。但此时此刻，在我眼中，就连那些皱纹也显得很美。我们满怀感慨地握住了彼此的手。

“再见。”她冲我挥了挥手，沿着来时的路回去了。

从这里开始，就只剩我一个人了。

日式建筑的木门紧紧关着。门的左右两边都有围墙，阻挡着往来者的脚步。我悄无声息地沿着围墙走动，想找一个能出去的地方。忽然，我看见前方有棵倒了的树，刚好倒在墙边，我似乎可以借助它翻墙。虽然我很不擅长运动，但也只能硬上了。我踩在倒下的树上，像做引体向上一样把身体拉到墙的上方。翻过墙头跳到地面上的时候，我摔了一跤，把脚扭伤了。

我浑身是土，拖着一只伤脚，继续朝山脚走去。这一路都是下山的柏油马路，每当我听到远处传来汽车声，都会立刻跳进路边的草丛。那些汽车肯定都是出来找我的。如果被他们抓回去的话，我想必会被消灭吧。恐惧使我双腿发软。

道路变得平坦，我已走到了山脚下的平原地带。然而没走多久，只见一条河流仿佛专为阻挡我似的横亘在我的眼前。那河并不很宽，但水流却十分湍急。我看见，桥边茂密的草木丛中正躲着好几辆汽车。显然，有人埋伏在这座桥的周围。大约他们猜准了我会从那儿经过，因此已经事先设下埋伏。我完全没有看到手电筒的灯光。看来，为了防止被我发现，他们把手电筒全都关了。

我决定了。我要从离桥很远的地方过河。我抓着岸边斜坡上的杂草，一点点走下河岸，走进水流。冰冷的河水让我浑身一个激灵。水深齐腰，水流湍急，我只要稍有不慎就会被水冲走。幸好河底有几块大石头，顶端突出水面，我可以抓着那些石头一点点地朝前挪动。不过，我的一只鞋在途中掉了，瞬间就被水流卷得无影无踪。上岸以后，我得一脚穿鞋一脚穿着湿透的袜子接着走了。

渡过河后，弥漫的雾气逐渐散开，我感觉自己终于从深山老林回到了有人居住的村庄。这里没有路灯，四周的田野都沉在深深的夜色中。远处那片塑料大棚亮着白光，我便拖着伤脚，朝那片光走去。湿透的衣服沉重地贴在身上，在夜晚的寒风中冰凉刺骨。

走啊走啊，我的意识逐渐模糊起来，不清楚自己已经走了多久，也不清楚自己还要再走多久。我累得直想往地上倒，但还是强忍住了这种冲动，一步步往前挪动。这种感觉，怎么跟写小说的时候那么像啊？我心里想。在书房里对着电脑打字的时候，我基本上都是这种状态。当然也有例外的时候——有时，我会进入一种忘记了时间的专注状态，沉浸在高涨的情绪中奋笔疾书。只可惜，等到冷静下来回头再看，那时候写下来的文章基本上全是一塌糊涂，只能统统删除。

天空逐渐亮了起来。原本一片漆黑的夜空，从东方开始变成了深蓝色。星星已经看不见了，清晨的气息悄然混进空气中。我终于走到了塑料大棚边上。虽然我不清楚那些大棚里种的是什么，但在刚刚过去的漫漫长夜里，多亏那里一直亮着灯，我才得以走出困境。如果四下里全是黑暗、毫无光亮，也许我早就放弃挣扎了。不过，这个地方距离城市还有很远的一段距离。要想得救，我必须走到有人居住的地方才行。我拼命给自己打气，接着朝前走去。就在这个时候，我的身后响起了一个声音："你的脚受伤了吗？"

宛如低音炮的低沉男声。

忽然间，我浑身一点儿力气也没有了。绝望压得我说不出话。明明好不容易才走到这里的啊。

从塑料大棚的阴影中走出一个人，是X老师。他还穿着吃晚饭时那身日式衣服。看到我狼狈的样子，他露出了十分不忍的酸楚表情。

"你能走到这里，真的很了不起。来，上车吧。"

他的口气是如此不容置喙。塑料大棚边上，停着一辆黑色高级轿车，但是司机不在车里。看样子，这里只有他一个人。但我已经没有一丁点儿的精神与体力去反抗了。

“我不会害你的。上车吧。”

太阳从地平线冉冉升起，晨曦洒向整片田野。

我按照X老师的命令，耷拉着脑袋坐进了车里。

他大手一甩，砰的一声关上了后排车门。

五

“这位客人，您已到达目的地。”出租车司机对我说道。

我支付车费后，车门自动打开，门外赫然出现了东京都内的一座高级酒店。待我下车后，出租车立刻就开走了。在冬日寒冷的空气中，我的呼吸化作一缕缕白气。我揉搓着冻僵的手指与掌心，朝酒店走去。

来到聚会会场后，我将外套存在衣帽寄存处，四下观察着，寻找自己认识的编辑。会场入口处有人递上一杯香槟，我接过来，走到一群作家伙伴中间，跟大家聊起最近的工作情况。

出版社每年元旦前后举办的聚会总是十分豪华。桌子上摆满了各种各样的菜品，由于是自助餐的形式，大家可以尽情地往自己的盘子里堆各色美食。玻璃制的枝形吊灯从屋顶悬挂下来，散发出暖色的光芒，向整个房间投下一片璀璨金光。会场里，四处响起欢声笑语。平时没机会见面的作家和编辑齐聚一堂，围成一个个小圈子愉快地交谈着。我先集中去找各个熟人打了一遍招呼，然后就退到墙边独自站着去了。

我的责编向我介绍了一个新人作家，这位年轻人刚在网上举办的一个小说比赛中得了奖。他神情紧张，结结巴巴地向我问好。我跟他简单地聊了两句，发现他还是个大学生。我想象着，他未来也许会凭借自己仍然新鲜水灵的感觉，写出很多小说吧。也不知道每年会有多少新人小说家出道。现如今，即使无法在比赛中获奖，人们也可以通过网络发表小说。很多编辑会到网上搜集一些有热度的作品，然后编辑成书。一个人到底该在哪个阶段开始自称“小说家”，定义起来有点儿模糊了。

我正盯着香槟酒的气泡思考着这些有的没的，忽然听到了离我不远处的一群人的谈话。

“文学界损失了一颗巨星啊。”

“是呀。我也听见新闻里说的了。”

“听说葬礼办得挺低调的，只邀请了他的亲属。”

“以后的聚会再也听不到X老师的笑声，该有多冷清啊。”

他们好像是在谈论X老师的噩耗。他是因胰腺癌去世的。据说，他在查出癌症以后没过多久就去世了。我和X老师聊天那次，他的身体肯定还没有出现任何症状呢。我进入他的山中，见到小A，都已经是三年前的事了。

我抿了一口香槟，回忆起自己坐在他轿车里的那个早晨。

坐进X老师的车子时，我的魂都要吓没了。因为我确信，他肯定会为了保守秘密而杀掉我。然而，X老师在驾驶座上坐好后，却用抚慰的语气说：“我把你送到车站去吧。你身上有钱买票吗？瞧瞧你这副样子，真够狼狈的。如果有时间的话，真想给你拿身衣服换上，不过你还是尽早离开这个地方比较好。你先躲一阵吧。我去替你好好说说。”

他的高级轿车背对着山的方向，在晨光普照、暗夜褪尽的田园风光中朝前疾驰而去。很快，城市便出现在我们前方。我正困惑不已，只听他对我解释道：“看样子我让你误会了。这也难怪。你是不是听说，我为了杀掉你，请‘诡计’工作室帮忙想法子来着？但事情不是这样的，其中有些错综复杂的缘由，不过我可没有做过那样的事。老实说，我还帮你求情来着，说不该对你下手呢。但‘他’为了守住这座山的秘密，没有征得我的同意，就着手策划着要杀掉你了。‘他’擅自使用我的名字，给‘诡计’工作室布置了任务。”

我整个人都凌乱了，不由问道：“‘他’是谁啊？”

从X老师的语气里可以听出，这个“他”指的是某个特定人物。然而，我对这号人物是谁却毫无头绪。难道是我没见过的人？

“在那座山里工作的大多数人，都把我当成了名叫X的小说家。但实际上，我不过就是一尊偶像罢了。我的作用，就是让那个名为X的小说家的形象广泛深入到大众心里。我不是作家，而是扮演作家的演员。实际上，我一本书也没写过。我在年轻的时候是个没名气的演员，后来被‘他’雇佣扮演起了小说家的角色。一切都是为了卖书。读者在阅读小说的时候，同时也是在观看作家本人。很多人只为品味作家的世界观才会拿起他的作品。所以，我就拼命扮演了一个富有魅力的小说家。随笔里的个人经历也全是假的。为了维持那个颇有无赖派[1]风格的形象，我喝大酒，去酒吧俱乐部追女人，还找情人一起出去旅行。可实际上，我什么都不是。知道这件事的人很少，基本就只有'他'和我吧。名叫X的小说家并不是我。我只是其中很小的一个组成部分。'小说家X'的核心人物，其实正是曾写下第一本小说的'他'。"

"这……"

"也许你很难相信，但这就是事实。"

"所谓的'他'，是真实存在的吗？"

"是。他就在那座山里，装成一个用人的样子在工作。因为外表并不出众，所以他很好地融入了一大群用人中。每当他跟我擦身而过时，都会像其他用人一样，站住，然后向我点头示意。用人们完全没有发觉'他'其实是我的雇主，只把他当成一个普通的同事对待。每当我看见他们相处的样子时，都会忍不住后背发凉。因为，在我眼里，'他'才是应该受到所有人尊崇的对象啊。"

汽车穿过田园地区，驶入城郊。

---

① 无赖派：第二次世界大战结束后的1946年到1948年间，活跃于日本文坛的一个重要作家流派。该流派有着反抗权威的意识，对生活采取自嘲和自虐的态度，具有颓废倾向。其主要成员包括太宰治、坂口安吾等人。

"'他'为了守住秘密，想把你杀了。但你等着，我肯定能劝'他'住手的。那位大人并不是什么坏人，只是有点儿喜欢保密而已。只要我跟'他'好好谈谈，'他'一定能想明白过来的。那位大人基本上总是待在山里，从不下山进城。"

此刻正在开车的这个男人，到底是谁？

一个没名气的演员？真的吗？

不，这个人就是X老师。至少对我来说，就是这样。对于生活在那座山里的用人们来说也一样，"X老师"指的就是这个人——即使他一行字也没写过。

"X老师，我认识的很多编辑都特别喜欢您。所以，对于我们来说，您才是小说家X老师。只有这一点是绝对错不了的。"

他一边开车，一边苦笑起来。

"喂，我问你，写小说是种什么感觉啊？我是理解不了。你们是怎么想到那样的故事的？要写那么长的文章，不辛苦吗？自己千辛万苦写出来的东西，如果读者不喜欢，或者被人吐槽、嘲笑的话，你们不难受吗？你们怎么还能写下去呢？难道不想放弃吗？为什么还能继续热爱小说呢？我啊，很尊敬你哩。当然我同时也尊敬所有的小说家。你们干的事情，像我这样的凡人可是绝对干不了的。”

轿车开到一个荒凉的车站前，在环岛上停了下来。我下车，他也跟着出来。他朝我伸出手来。那只手很大，很有劲儿。

“能遇见你，我很高兴。其实我早就想找个人说说了——说一说我这滑稽荒诞的人生。”

他虚弱地笑笑。那表情不像一个畅销书作家，更像是一个空长了许多年纪却始终默默无闻的演员。但那双眼睛是温柔的，像一头满身皱纹的大象的眼睛。汽车开走后，我一直目送它，直到彻底看不见，才转身走向检票口。那是我最后一次见到他。

听到X老师的讣告时，我想到了小A和其他那些作家。在那座山里共同创造着“X老师的作品”的人们，今后该何去何从呢？虽然我很为他们担心，但也并不打算再调查，三年前的那件事给我造成了严重的心理阴影。如果我再冒冒失失地靠近那个秘密，让被X老师称为“他”的那个人物注意到的话，那我估计这回就必死无疑了。我之所以现在还能像这样好好地活在世上，肯定都是因为X老师帮我说服了那个“他”吧。

会场的桌子摆上了甜品，有做的像宝石一样的蛋糕，也有切成一块块的水果。身着礼服裙的年轻女作家们围拢过来，往自己的盘子里夹甜品。

出版社的社长上台致辞后，聚会就结束了。按照惯例，从此刻开始，与会者会和与自己关系亲密的人组成一个个小团体，分头前去享受霓虹闪烁的都市夜生活。X老师还在世的时候，我曾多次见到他在大批编辑的众星拱月下，前往文坛酒吧①。当时我总觉得他和我是两个世界的人，因此只是远远地看着，从不靠近。但现在我却觉得，当时真该跟他多聊聊的。我真该和他并排坐在酒吧吧台前，一边喝酒，一边听他娓娓道来自己的人生。他的一生是部喜剧吗？还是部悲剧？

作家们从灯光璀璨的会场中鱼贯而出。我也跟着走了出去。

在衣帽寄存处，有人叫住了我。我回过头，看到了一个认识的男编辑。

“散会以后还打扰您，实在不好意思，主要是刚才一直没找着跟您说话的机会。我想给您介绍一位刚刚出道的新人作家，不知道您有没有空。”

他的身后站立着一个年轻女子。

---

① 在日本，“文坛酒吧”指文坛人士（作家、编辑等）经常聚会交流的俱乐部或酒吧，多数开在银座、新宿等地。

那是一张陌生的脸，非常美丽。她的身上穿着一袭黑裙。

她走上前来，对我欠身行礼。

一股香气从她身上轻柔地飘了过来。

“编辑部也对她寄予厚望。她会写推理小说，也很擅长恐怖小说和恋爱小说。她现在可是备受出版界期待的一颗新星哟。”那位编辑对我说。

我点点头，朝她微笑。

“嗯，我知道，她肯定会不断写出很多畅销书的。”

我们就那样站着聊了一会儿，她全程都在一个劲儿地自谦。聊完以后，编辑带着她，沿铺着地毯的走廊径直离去了。她的书肯定不久以后就会影视化吧，肯定会以平放的方式堆在书店最显眼的位置吧。我有这样的预感。

回想起她刚才欠身行礼时飘来的那阵香气，我的心头不禁涌起一股怀念之情，以及一丝丝的恐惧。因为，那正是笼罩在那座山上的格调高雅的香木的香气。

第 5 章

脑内演员

一

不知道大家听没听说过一种叫作“明星系统（Star System）”的创作方法。在日本，采用这种方法创作的代表人物就是手冢治虫[①]老师。他的漫画，你只要看上几本，很快就会产生一种似曾相识的感觉：“这个角色的脸，怎么好像在别的作品里也看到过啊？”别怀疑，你的感觉没有错——那确实就是同一张脸，只是在不同的故事里扮演着不同的角色罢了。

比如，手冢治虫的作品里有个长着圆脸、留着白色胡子的中年男人形象，人称“胡子老爹”。有时他会与少年组成搭档，出演故事的男二号；有时则会摇身一变，成为私人侦探，扮

① 手冢治虫（1928—1989）：日本漫画家、动画制作人、医学博士。他被誉为“日本动漫之父”。其代表作包括《新宝岛》《铁臂阿童木》《火之鸟》等。

演故事的主人公；而到了别的作品里，他可能又成了大反派。

国外动漫作品中也有类似的例子，比如《猫和老鼠》[①]。在由汉纳－巴伯拉工作室[②]创造出的这部作品中，全部角色基本都是那对寄居在普通人家里的猫和老鼠，但它们有时会在某一集里成为中世纪的骑士，有时又会在另一集里变身为西部大开发时代的警长。你会觉得，那只猫和那只老鼠都只是个演员而已，每集接到什么剧本就演什么。

画出一个卡通形象以后，让它作为演员在不同的作品中饰演各种角色的创作方式，就是“明星系统”。

不过，“明星系统”这个词在诞生之初，含义与现在是有些许不同的。起初它是影视领域专有名词，指出品方在投拍一部作品之前，先花重金延请明星，然后通过高调宣传吸引投资与观众的做法。也许随着时间的推

---

① 《猫和老鼠》(*Tom and Jerry*)：米高梅电影公司于1939年制作的一部长篇喜剧家庭动画，该片由威廉·汉纳（William Hanna，1910—2001）、约瑟夫·巴伯拉（Joseph Barbera，1911—2006）编写，弗雷德·昆比制作，首部剧集《甜蜜的家》于1940年2月10日在美国首播。

② 汉纳－巴伯拉工作室：由威廉·汉纳与约瑟夫·巴伯拉于1957年7月7日共同成立的美国动画制作公司。该公司在1957年至2001年间运营，后被并入卡通网络工作室，2006年结束运营。代表作有《猫和老鼠》《摩登原始人》《瑜伽熊》《史酷比》等。

移，词义扩展了吧。

运用“明星系统”写小说的作家非常少见，我的熟人R老师恰好是其中之一。当初，他是以一部带有喜剧风格的推理类轻小说[①]进入文坛的。出道之后，他又陆续发表了一系列体裁各异的作品，其中既包括恐怖小说，也有描写十几岁少男少女苦涩青春的小说。

“我特别不会做人物设定，脑子里只能想到几种特定的性格，所以在我小说里登场的永远都是那几个家伙。某些类型人物不就是谁都能写好的吗？每次写到有那些角色的场景时，我都会有种得心应手的感觉。我的处女作里就全是些好写的典型角色。”

我很理解R老师想表达的意思：登场人物是反映作家内心的镜子。如果你笔下的人物能够映出你内心的影子，那你在写作的过程中，心情就会随着人物命运起起落落；反之，那些陌生人般的人物就会叫你无从下笔。

“我可做不到每写一部作品就从零创造一批新角色。说到底，与其把时间花在人物性格设计上，我更愿意多花点儿心思去琢磨情节和诡计。出版完处女作，正着手

① 轻小说（ライトノベル，和制英语：Light Novel）：源于日本的小说体裁，可以从字面理解为“可轻松阅读的小说”。轻小说具有高效地将故事内容传达给读者的通俗写作手法。主要读者群是10多岁的中学生以及动漫爱好者，多使用动漫风格绘图作为封面与插画。

写第二部作品的时候，我忽然灵光一闪——登场人物难道不能重复利用吗？说不定，把前一部作品里的登场人物直接拿过来，改个名字再用一遍，也没什么问题。毕竟小说跟动漫不一样，是不展示视觉形象的。如果我给旧人物重新起个新名字，说不定读者就不会发现他们是同一拨类型人物了……没想到，这条路后来还真叫我给走通了。我一开始并不知道什么是'明星系统'，只是因为我每次写小说用的都是同一拨类型人物，一来二去的，别人就给我的创作方法贴上了'明星系统'的标签。"

原本，几乎没人觉得"明星系统"能够运用在小说创作中。毕竟，小说这种表现方法与作家的内心世界紧密相连，作家写下的文字直接反映了其个人的烦恼与观念，读者与作家通过文字进行的是一对一的对话。所谓"阅读"，就是读者触碰到作家的灵魂，并由此获得某种治愈的过程。

不过，近些年来，有种叫作“角色小说”[①]的概念在文艺界出现并迅速普及，越来越多的作家开始在创作中重视起了角色塑造。封面采用漫画风格的轻小说，就是一种代表性的“角色小说”。除此以外，纯文学小说中也涌现出了许多因书中角色富有魅力而俘获人心的作品。“小说当中一定要有角色”已成为一种常识，这种观念让读者们很容易地就接受了R老师的创作风格，并主动将它与“明星系统”画上等号。

“R老师的脑子里面有个剧团。”不知从什么时候开始，这种说法就在他的读者之间流传开了。他发表的每部作品，故事和世界观都毫无关系，登场人物的名字也各不相同，但我在阅读中却偶尔会感觉，每部作品里的角色好像都是由同一批人物扮演的。如果有人告诉我说，R老师的创作方法就是在脑子里对脑内剧团发号施令，让团员们照着剧本进行表演，然后再将他们的表演记录成文，那我就全理解了。

---

① “角色小说”是由日本学者、作家大塚英志（1958—）在《角色小说的制作方法》（2003）一书中最初提出的概念，指“以塑造角色为主的小说”，是一种以动漫式的非现实主义来描绘角色的小说。后来被很多人用来泛指“角色富有魅力的小说”或者轻小说。这种小说的主要特点是围绕一个或多个鲜明的角色展开故事，角色的性格、行为和背景是故事的核心。

他的脑内剧团共有五个主要成员。五人都在R老师的处女作里扮演过主要角色，后来又顶着其他各种各样的名字在后续作品中反复登场。通过R老师对某个角色性格、言行和举止的描写，以及该角色给人的印象，人们立刻就能分辨出这个角色是哪个成员演的。

R老师的热心读者会用那五个人在处女作里的名字称呼他们。他们当中有三位男性，两位女性。

AKAGI REITO。通称，赤[①]。重情义，爱掉泪。拥有一个火热的灵魂，对什么事都很热心，但相应的也较易冲动。

SUZUMIYA AOI。通称，青[②]。性格冷静。总以抽离的视角观察这个世界。采取行动时更多依据逻辑而非热情。在女性读者中人气很高。

KIMIZUKA IRIO。通称，黄[③]。啥也干不好，总被

① 原文片假名“アカギレイト”，汉字可以写作“赤木黎人”或“赤木零斗”等。

② 原文片假名“スズミヤアオイ”，汉字可以写作“凉宫青”等。

③ 原文片假名“キミヅカイリオ”，其中第一个字“キ”和第五个字“イ”合在一起写作“キイ”，汉字可以写作“黄”。

身边的人取笑。身体没什么力气，脸上常挂着一副讨好的笑。但是心地很善良，能够理解他人的痛苦。

这三位就是剧团里的男性成员。在不同的作品当中，他们扮演的角色也各不相同，有时是十几岁的高中生，有时则是三十多岁的上班族。即使作者在某些故事里对角色外貌进行了颠覆性描写，比如“头发因年纪增长而变得稀疏”，也不会让角色性格发生改变。读者只会觉得，演员化了个老年妆，重新在这个故事里登场。

R老师的热心读者并不那么看重每部作品中的角色，相比之下，他们更热衷于“追星”，心思都放在自己喜欢的剧团成员身上了。

在某部作品中，青是个杀人犯，把黄给杀了，而这个秘密最终是由主人公赤给揭发出来的。在这里，青和赤是敌人。

然而到了另一本书里，赤与青又扮演起兄弟来，被亲情的纽带紧紧地联结在一起。二人携手共同面对困难的样子可谓催人泪下。

看到同样的演员在每一部作品中有着不同的立场与关系，读者心里会产生一种奇妙的感觉。有些女性粉丝会为角色之间的情感变化而深受感动：“你们两个上辈子还互为死敌，这辈子却成了兄弟，真为你们开心啊。”这是一种无法从普通小说中品味到的独特阅读体验。

MIYAZAKI MOMO。通称，桃[①]。外形娇俏。个子小小的，因此很介意别人把自己当成小孩。言行举止显得天真烂漫，但实际上都是演出来的。

KUROYANAGI RIO。通称，黑[②]。一头黑发的大美女。拥有像模特一样四肢纤长的体形。说话、做事都酷酷的。

这两位就是剧团里的女性成员。围绕她俩，读者之间分成了“桃派”与“黑派”两大阵营。一个人越是喜欢R老师的作品，就越会旗帜鲜明地选边站。据说R老师收到过这样的来信，信中说“请您将来一定要写一本让桃当主角的作品啊”；编辑部则收到过这样的信件，信中又说“之前那本书里，黑的戏份也太少了，我希望可以读到以她为中心的故事”。

① 原文片假名“ミヤザキモモ”，汉字可以写作“宫崎桃”等。

② 原文片假名“クロヤナギリオ”，汉字可以写作“黑柳里央”或“黑柳莉绪”等。

在某部作品中，黄和桃扮演了一对陷入爱河的情侣。而在另一部作品当中，桃跟青又结为了夫妻。

在某部侦探小说里，黑和赤组成搭档，共同破解了各种高难度的案件。黑扮演一个深居简出的侦探，赤则扮演一个热血警官。

R老师对我解释道："创作一个故事的时候，我会先从'下回让这孩子演什么会比较有趣'这个问题为切入点进行构思。比如，我曾经让其中两个人饰演过一对禁忌的恋人，结果大受欢迎。"

R老师从来不写系列小说。他的每部作品都独立成篇，但又全由同一个脑内剧团串联成线。每一部新作品里，都有能够吸引老读者的熟悉氛围；同时，由于演员班底相同，他的作品总给人一种连载小说的感觉。

"那五个人这次好像会漂流到一座无人岛哟"——哪怕听说这样离奇的场景设定，由于熟悉那五个人，读者们还是可以期待一出质量有保证的对话剧[①]。

"我还是第一次认识这样写小说的人呢——这种写作方法可真有趣！"我坦诚地向他表达了自己的钦佩之情。

---

① 对话剧：一种以对话为主要表现形式的戏剧。它强调通过角色之间的对话来推动剧情发展，揭示人物性格和内心世界。

“有趣。但最近也给我带来了点儿麻烦。”

“麻烦？”

“是啊。他们好像变成了‘幻想伙伴’，就是说，我能在现实世界里看到他们了……”

幻想伙伴（tulpa）——我从R老师口中听到了这个词。

也许，“sprul pa”这种发音才是最正统的，但在日本，人们提到这个词时普遍还是会用tulpa的发音。①

“sprul pa”意为“化身”，二十世纪以后，因欧美神学家的误解和宣扬，它逐渐用于形容“通过精神修行创造出的想象中的朋友”。

R老师有点儿不好意思地挠挠头，告诉我：“我一个人待着的时候，基本上都在琢磨小说。遇到想不通的地方，我就会跟脑子里的那五个人商量。比如，我会问他们‘这种角色怎么样啊？’‘你想不想试着演演那样的角色？’之类的问题。我会在屋子里小声絮叨着跟他们交谈。对我来讲，演员的感受非常重要。毕竟，从以往的经验来看，如果演员喜欢自己的角色、能够入戏的话，那么最终演出的效果就会很好。不过，也不知道是

① 原文中这个词的发音均以片假名表示，tulpa写作“タルパ”，sprul pa写作“トゥルパ”。

不是因为他们总在我的脑子里像真人一样说话、做事，有一天，他们忽然全都出现在了我的面前。他们窜出我的脑子，开始在我的房间里走来走去了。”

二

我记得自己第一次和R老师说上话，还是在很久以前一个由编辑组织的酒局上。当时我俩都还年轻，也都还没出过多少书。那天我俩聊得最多的话题就是“担心”——担心自己今后没有能力一直依靠写作谋生。

那晚，当我随大家走出第一家店前往第二家店的时候，我看到了令人印象深刻的一幕：有个衣衫褴褛、一看就是流浪汉的老头儿，走人行横道过马路时，忽然摔倒在地。我和其他作家、编辑看到以后，都只瞟了那边一眼，心想“哎哟，这人摔了”，然后头也不回地直接走了过去；只有R老师走到他的身边，一边问他“您有没有事”，一边扶他站了起来。

一个人的善良本性往往就是在这种不经意的瞬间流

露出的。头也不回就走掉的我们，真是一群无情的人。

R老师的作品中总有一种温情的视角。

“我没有亲人。父母在我很小的时候就离了婚，我一直跟着母亲生活，但我刚满十八岁她就去世了。我的父亲音信全无，母亲家那边也没什么亲戚，所以自打母亲离世以后，就只剩我一个人了。我没有朋友，也不大可能会和谁结婚。我已经在精神上做好永远一个人在东京生活下去的准备了。”

懂得孤独的人，也许更能感受到他人的痛苦，所以他的作品才会那样温柔。

出版业界竞争激烈，每年都有众多作家遭到淘汰，但我和他却都成功地留了下来。他采用“明星系统”，确立了独特的创作风格；而我则不知为何受到了《怪与幽》等怪谈类杂志的垂青，经常受邀为其撰写杂文。

编辑专门为我和R老师组织了一个酒局——之前我偶尔会在聚会上碰到R老师，但从来没有机会跟他好好聊聊创作。

近来，我的创作陷入了低潮。虽然我总会在写作之前把该写的内容汇总到笔记本上，但不知为何，最近我坐到电脑前什么也写不出来了。状态好的时候，我写起东西来就如行云流水一般，可一旦陷入低潮，我就时常会傻盯着闪烁的鼠标指针，一连几个小时一个字都打不出来。

我去找编辑求助，结果从他口中听说了一个令人欢欣鼓舞的消息：R老师这阵子也陷入了低潮。知道别的作家的写作进展也不顺利，我一下子就舒服了。

“谢谢您告诉我这些。要是连R老师这么厉害的作家都有写不出来的时候，那我这样又算得了什么呢。”

“要不回头一起喝个酒吧？你们两个受伤的人可以互相舔舐一下伤口。毕竟，负负得正嘛。”

我还没来得及细想编辑这套说法哪里不对，就已经在他的安排下来到中央线[①]上的某个车站，然后走进了一家酒馆。

许久未见的R老师衣着打扮比从前更光鲜了，看来他的书卖得挺好。编辑说今天所有的费用都由出版社报销，于是我们便放开手脚，尽拣着那些高级的酒点了一轮。

我们边吃边聊起了近况。谈到自己陷入低潮期的惨状时，我俩一直笑个不停。坐在一旁的编辑则愁眉苦脸

---

① “中央线”一般指东日本旅客铁道（JR东日本）旗下的“中央本线”之内在东京近郊部分的电车线，大约是从东京站到高尾站的这段线路。主要服务于东京都市圈的通勤、上学以及日常出行等多种交通需求。

地看着我们。

喝到微醺时，我俩聊起了有关创作的话题。我决定好好跟他取取经，一次性把“明星系统”的原理搞个明白。除了好奇心驱使以外，我这么做当然也有功利性的目的——要是真能学会的话，我也很想试着用用“明星系统”。也许它能帮我摆脱低潮期呢。我想知道，到底要进行怎样的训练，才能让自己在写小说的时候，脑中自动浮现出一群可以扮演各种角色的演员。

此前也有其他作家试图模仿R老师的“明星系统”，但都没有成功。不知他们是始终没能找到感觉，还是中途失去了耐心，总之一个个都很快放弃，重回了老路。我猜R老师肯定掌握了什么独门绝学，要不怎么就只有他一个人把“明星系统”这条路给走通了呢？

然而，当我听他提起“幻想伙伴”的时候，我的兴趣瞬间就转移到这件事上去了。如何摆脱低潮期的问题，可以先放一放。我预感到，自己即将听到一个疯狂的故事。而我最喜欢的就是疯狂的故事。

“有读者猜，我的写作过程就是把脑内剧团的表演记录下来的过程。我原本并没有这种感觉，但让他们一说，我又觉得好像真是那么回事儿。我的脑子里有个舞

台，曾经在我的处女作里饰演过主要角色的五个演员，总是待在舞台两侧观众看不见的部分，等候出场。”

写作时，R老师的身体虽然被限制在电脑前的狭小空间里，头脑中却有一座广阔的大舞台。剧团成员一个接一个地从舞台两侧走到舞台中央，口中念着台词，认真地扮演着自己在这部小说中的角色。

“由我事先确定的只有大致故事走向，其他全靠演员自由发挥。只要符合角色设定，不管他们做什么动作、说什么台词，我都一概不管。我只负责坐在台下，把他们的表演记录下来。当然，并非每次表演都一帆风顺。感觉不对劲的时候，我会让他们重演一遍刚才的场景，试试不一样的动作和对话。他们五个熟知彼此的性格，任何一个人说完一句台词，基本上都能猜到其他几个人会怎么接，彼此之间可有默契了。”

R老师既是导演，也是编剧，同时还是舞台的美术指导。他的小说本质上就是他的脑内剧团在他搭建出的脑内舞台上演出的一场场即兴戏剧。

“他们能听见R老师的声音吗？”

“能。他们不仅能听见我的声音，还能看见我这个人。我的身体坐在电脑前面，精神却和他们共处在一个空间里。我会亲身示范，比画着告诉他们应该怎么做动作、调表情。”

“也就是说，R老师的化身会站在他们五个面前，直接给他们下达各种指示？”

“对的，那样指导起来会比较轻松嘛。而且，有我在那儿看着，他们表演起来也会比较卖力。有时候，他们的临场发挥和即兴表演，会创造出我连想都想象不到的经典场景，让我看得热血沸腾。等到表演结束，我会一个箭步冲到台上，和他们五个挨个儿握手。不过与此同时，现实世界里的我却始终没有离开过电脑前，只顾一个劲儿地拼命抓紧时间，把他们创造出的场景记录下来。”

“感觉现实和幻想都快混到一起了啊。”

“老实说，有的时候，现实世界和幻想世界之间的界限确实会模糊。比如有的时候我很疲惫，就会常常搞不清自己正身处哪边。”

据说某天，他正坐在椅子上休息，有个人忽然走到他的身后，开始给他揉肩。可他明明是独居，房间里除了自己以外不该再有别人了啊。

他心下一凛，回过头，看到剧团里的赤正站在椅子后面给他揉肩膀呢。这下子他才明白过来，自己此刻并不是在现实中的房间里，而是坐在脑内舞台的布景椅上休息呢。

“渐渐地，我跟他们五个待在一起的时间变得越来越多了——可能因为我一直都是一个人生活，心里很渴望有人能陪我说说话吧。我在头脑中给自己造了一个房间，邀请他们过来喝酒谈天。他们各有各的烦恼，有时我也会帮他们排解排解。”

“比如什么样的烦恼呢？”

“比如桃吧，她就会被读者的诽谤中伤搞得很难过。每当她在作品中扮演可爱的女孩子时，就会有读者说她‘又在为了吸引异性而装傻’或者‘好虚伪啊’。我会努力安慰她，鼓励她。她没有错，都是我不好，是我文笔太差，没能准确地记录下她的表演。”

看样子，R老师脑内剧团里的每个人都拥有独立人格，在演戏时也会像真人一样心怀杂念。

“时间久了，跟他们对话已经成了我日常生活的一部分。每当他们的声音响起，我都会像听见现实世界里的声音一样，感到鼓膜在震。我喜欢跟青说话，因为他头脑清晰，拥有我不具备的运算能力。每当我需要快速心算的时候，只要问问脑子里的他，就能立马得到答案。你说神不神奇？”

原本居住在他脑子里的五个人，逐渐进入他的现实世界。幻听是最先出现的症状。

“后来，没过多久，房间里就开始出现有人活动的气息了。有时我能用余光看见身后站着什么人，但下一秒又看不见了。我并不觉得害怕，反而庆幸他们终于来到了我这边。我从前就听说过‘幻想伙伴’这个词，我知道，自己是在与他们携手写作的过程中，成功地使他们以‘幻想伙伴’的形式出现在了我的世界里。”

一天，R老师正坐在沙发上发呆，眼角余光忽然瞥见一个有一头黑色长发的女孩走了过去。那是剧团成员——黑。一阵轻柔的花香随着她的脚步飘了过来。

R老师起身环顾四周，发现黄正紧张兮兮地坐在餐厅的椅子上。青交抱双臂看向窗外，桃则凝神望着挂在墙上的一幅画。伫立在房间中央的，是赤。

“老师，早上好啊。您今天写什么场景？是要接着昨天写的继续往下写吗？”

赤对R老师开口说道。看那架势，他已经迫不及待地想要开始表演了。R老师的心里没有一丝惊讶。他知道，这里不是自己脑内，而是现实中自己的家。但他却觉得，在这里看见他们五个，是再自然不过的事了。

三

我接受了他们的存在。对我来说，与其我自己在两个世界之间进进出出，还不如让他们来我身边更方便呢。他们在我的世界的真实感与日俱增——当他们站在窗边时，我能看见他们的脸被阳光照亮，身后投射出影子；当他们站在我面前时，我可以仔细观察以往看不清的身体阴影；当我靠近他们时，能够闻到香水和头发定型产品的香味；而当他们转动身体时，地板就会发出轻微的吱嘎声响……当然，我知道，这一切都只是我的错觉。房间里从始至终都只有我一个人而已。

但是错觉又怎样呢？我可以观察他们，描述他们，将他们写进小说；读者则可以看到更加逼真的小说角色——这岂不是皆大欢喜的事吗？

他们并不会一直待在我的房间里。他们自己有家，有事来找我，没事就回家。估计我的脑海深处有座城市，他们的家就在那座城市里吧。每当我上午准备写小说时，他们就会像来上班一样准时聚到我的房间里。

我们还是会去脑内舞台——需要大型布景的演出，

肯定还是在脑内排练比较方便——但遇到比较简单的对话场景时，我就越来越爱让他们到我的房间来聊了。

自打出现在现实世界以后，他们的个性变得更加鲜明了，也会更清楚地跟我提要求，告诉我自己想做什么了。

“老师，我想演动作戏，您能不能想想办法？不如写本令人热血沸腾的小说吧？”有一天，我正在边看电视边吃晚饭，赤忽然出现在我身边，对我说道。估计他是因为看到了电视上的动作电影广告，才会产生这样的想法吧。

“您能不能在小说里加点儿动作场景？比如让人在疾驰的列车顶上边跑边战斗的那种？我一定会好好演的！”

可我不会写这种小说。再说了，在日本的铁路环境中，怎么可能在列车顶上自由奔跑？比如东京的铁路，每站之间的距离都那么近，如果我让主人公在东京上演车顶追逐大戏的话，那他估计刚刚爬上车顶，就会发现车又到站了。

“这有什么，把故事放到架空的世界里不就好了？您要是不知道怎么设计世界观的话，我们可以帮您啊。所以您就别推辞了。”

我不是很想写，但鉴于我当时也并没有其他想写的东西，就勉为其难地写了一部中篇小说——以架空都市为舞台的赛博朋克[①]小说。青负责科幻设定的部分，帮我构建世界观，赤则担任主角，在疾驰的列车上与坏人展开激烈角逐。小说出版后反响极佳。我没想到自己真能写出这种作品。如果没有他们的话，这种题材我连碰都不敢碰。

“老师，我想演一部以时尚行业为题材的小说。我想穿很多很多的漂亮衣服。”桃也向我提要求了。可我从来也没有关注过时尚领域。还好他们五个都很帮忙，每当我想不出情节、写不好文章时，他们都会积极为我建言献策。

“这个地方写错了，老师。”青的文章校对能力也是一流的。他会在我写东西时从旁观看，当我写错或者漏掉什么字的时候，就会立马向我指出。他比我聪明，能设计出远超凡人水准的诡计，帮我规划好故事的整体结构。

我不太了解女性内心深处的细腻情感。每当我需要

---

① 赛博朋克（英语：cyberpunk）：一种科幻创作题材。以计算机或信息技术为主题，小说中通常有社会秩序被破坏的情节。现在赛博朋克的情节通常围绕黑客、人工智能及大型企业之间的矛盾展开，背景设在不远的将来，一个反乌托邦的地方。

描写那种情感时，黑都会坐在我的旁边帮助我。

“老师，您就照我说的写吧。”

我一边听黑娓娓道来，一边奋笔疾书。在那时，我不是作家，而只是个普通的打字员。黑似乎颇有诗才，能以诗一样的语言刻画出女性丰富的内心。

像这样，剧团成员开始对我的写作指手画脚，但最终结果却都是好的。我一边与他们尽情讨论，一边写下一本又一本小说，让读者大呼过瘾。

在这皆大欢喜的氛围中，只有黄，似乎有些闷闷不乐……

“为什么读者都不喜欢我啊……”有一天，在我刷牙的时候，黄忽然出现在我身后，低声嘀咕了一句。看样子，他对自己不受读者欢迎的事很是在意。跟其他四个人相比，黄的性格确实乏善可陈。毕竟，他的定位就是“外表平凡、总被调侃的角色”，个性也不鲜明。

我对他说，对于一部作品来说，你这样的人物也是不可或缺的。

“倒也是哈。像我这样的普通人，可能更容易让读者感到共鸣呢。今后我也会继续努力的。”

黄说完便回去了，我也没把他的烦恼放在心上。毕竟，几个人聚在一起，彼此之间肯定会有高下之分。这也是没办法的事情。

那段日子，我的事业蒸蒸日上，有部作品还被改编成了电影。在电影拍摄期间，我和责编到片场去探班，还与知名演员互致问候。此外，责编还给我安排了很多对谈的工作，我忙得不亦乐乎。

电影拍完以后，我是跟我的剧团成员一起先睹为快的。那天，当我收到电影公司寄来的样片影碟时，立刻就把他们五个找来，围着屋里的影碟播放器看了起来。

他们看到自己在小说中扮演的角色，由别人在电影里重新演绎，似乎觉得非常有趣。

“这孩子的演技也太烂了吧？换作我，肯定能演得比她更好！”桃不满地说。她在小说中的角色，被电影公司分配给了一个新人偶像来演。

“好啦好啦，别这么说。这就是所谓的‘明星系统’嘛。”青开解道，“要不是这个女孩答应出演，事先吸引到了一批观众的话，出品方也没法以这个预算把电影拍下来呀。”

其他几个人看得也很投入。影片结束后，我们开了瓶红酒，碰杯庆祝。当然，真正在屋子里举杯喝酒的只有我一个人，但在我的视野中，他们不知何时也都纷纷举起了虚幻的玻璃杯，喝起了虚幻的葡萄酒。大家很快就喝多了。

黄醉得不省人事，两个女生在他的脸上乱画起来。赤和青在一边看着，不住地笑。我那本应孤寂无声的房间中，充满了大家的欢声笑语。在我心里，从我第一部小说开始就陪在我身边的他们，早已成了我的亲人。我的父母在我儿时就离了婚，所以我的家里总是冷清清的。我想，我其实一直都很渴望能有一个热闹的房间吧。

“下一本书，您能不能让她再出一次场啊？就是那个叫SHIROIZUMI NOA[①]的孩子。虽然上次她只演了个配角，但我对她印象很深，想再多看一看她的戏呢。”几年前的一天，责编忽然对我提出了这个请求。

SHIROIZUMI NOA是我之前写的某部小说里的配角。我并没让我的剧团成员去扮演她，因为她只是故事背景的组成部分罢了。

在我的小说里，由五位团员扮演的角色都被塑造得活灵活现，但配角基本就没什么个性了。那些小角色毫

① 原文片假名“シロイズミノア”，汉字可以写作“白泉乃亚”等。

不引人注目，纯粹就是为了让小说剧情完整而被拉来凑数的临时演员，跟背景板也没什么两样。

然而不知怎的，SHIROIZUMI NOA这个小配角却打破常规，给责编留下了深刻印象，甚至促使他向我提出了让她再次登场的请求。

“R老师作品中的女主角，向来都是由桃小姐或黑小姐演的，对吧？所以新来的女孩才会让人感觉特别新鲜。”

责编的意见不无道理。看来，总用同一拨人写故事也不行，会让读者感到厌倦的。

SHIROIZUMI NOA只在一部作品中出现过几回，戏份不多，台词也很平淡。可回过头去再看，我却发现，有她出场的那几场戏，确实带来了某种令人耳目一新的感觉。

“要不您就给您脑子里的剧团，再加一个人？”责编说道。

但是，怎么加呢？

“咱们一起想办法吧，看看怎么处理SHIROIZUMI NOA这个女孩。”

我听从责编的建议，在接下来的作品中给她安排了一些戏份，将她刻画成了一个纯真无邪、清澈透明而又真挚热烈的少女。神奇的是，虽然她在这部作品中的名字和上一部完全不同，但是读者却都认出了她。从那个时候开始，大家就开始用“白”这个名字来叫她了。

我的小说，开始有了变化。

四

SHIROIZUMI NOA。通称，白。

读者们接纳并喜爱上了这个剧团新成员。R老师大受鼓舞，在写新作品时为她增加了更多的戏份。

“起初她只是个模糊的影子，但随着出场次数越来越多，她的形象也逐渐变得越来越清晰。不知从什么时候开始，我在写到她的台词时，已经可以在脑海中听见她的声音了。那是一种干净的声音，清新冷峻而又充满朝气。”

总有一天，她也会像剧团里的其他人一样，出现在自己房间里的——他有这种预感。

她在他的脑海中已经成了一个实实在在的人，会从他的手中接过剧本，按照小说情节进行表演。

各位老团员在面对这位新人时，表现出了各不相同的反应。

“赤和青都很欣赏她，对她身上那种清澈透明的气质赞不绝口。但桃和黑最开始时显得如临大敌。毕竟，白来了以后，相当于多了一个争夺女主席位的对手嘛。不过，我很快就开始了一部新的系列小说，让桃、黑和白所饰演的三姐妹共同担任小说的主人公。打那以后，桃和黑就改变了态度，开始宠爱这个小妹妹了。”

问题是黄。当白的人气越来越高、曝光次数越来越多时，黄的出场机会随之锐减。有的时候，R老师和责编光顾着白，甚至会忘了给黄分配角色。

黄逐渐沦落到只能接到一些跟临时演员差不多的小角色了。读者对此也没有意见，因为他们都喜欢看白跟其他几位团员之间充满新鲜感的对手戏。

“老师，能不能让我也演个给人留下深刻印象的好角色啊？我一定会好好演的。求求您了。”

某天半夜，R老师在起床去厕所的路上，遇到了正站在走廊阴影中的黄。他啜泣着，向R老师苦苦哀求。

“好好好。过阵子吧，过阵子我给你弄。”

R老师不过是随口敷衍，但黄却信以为真。

“啊啊，老师！太好了，您还没有把我遗忘。咱们说好了哈，您一定要给我弄哈。”

“说好了，改天我一定写本小说，让你当主角。我说到做到。今天你就赶紧回去吧。”

“谢谢您，老师。真的谢谢您。”

黄喜气洋洋地走了。

在中央线沿线的一家酒馆里，我入神地听着R老师的讲述。原来，用“明星系统”写小说这事儿，比我想象的还要诡异。他说他脑内剧团的每个团员都有自己的独立人格，还能和他进行对话。这不就是多重人格吗？

现在我知道那些模仿他用“明星系统”写小说的作家为何全都会失败了。如果你的精神状态达不到R老师那种疑似“分离性身份障碍”[①]的级别，那你估计是没法创造出可饰演各种角色的脑内剧团的。

R老师一边喝着清酒，一边对我娓娓道来。

“幸运的是，白很快就融入了剧团，顺利成长。以她为主人公的小说征服了读者，得以再版。”

---

① 分离性（解离性）身份障碍（dissociative identity disorder，DID）：以往被称为多重人格障碍，是指一种戏剧性的解离性障碍，在这种障碍中显示出两种或更多的不同的身份或人格状态，不同身份与人格交替以某种方式控制着患者的行为。

“黄后来怎么样了？”

听我这么问，R老师露出想都不愿想的表情。

“那家伙算是废了。”

“废了，是指？”

“我真没想到，他竟然那么难缠——后来，他逮着机会就会跑到我的面前，叫我在小说里给他多安排点儿戏份。”

每当R老师走进小巷，黄就会突然从电线杆后闪现，沉着脸对他说：“您怎么不守信用呢？”每当R老师在站台上等车，黄就会站在熙来攘往的人潮中，直勾勾地瞪着他，用眼神无声地谴责他：“您说过改天一定写本小说，让我当主角的，怎么还没写呢？”就连R老师跟责编在咖啡厅里开会，黄也会躲在店里的观叶植物后面偷偷看他。

“黄很懦弱，没敢对我做出什么出格的事，但他可真是把我给惹烦了。其实说到底，他们是没有能力对我动粗的。因为他们是我心灵的产物，是幻象，所以根本不可能在物理层面对我造成伤害。”

不过，正如黄无法对R老师动粗一样，R老师也无法凭借暴力消灭黄。每当他伸手想要推开黄时，手臂都会像穿透烟雾一样，穿透黄的身体。

他逐渐被黄搞得身心俱疲。走夜路时，他曾屡次被埋伏在路边的黄给吓个半死；躺在床上准备睡觉时，他也总能听到黄在枕边不停哀求他让自己上戏。

“我觉得自己都快神经衰弱了。我一看见那家伙的脸就害怕，哪儿还有心思写小说啊。而且，他的长相也跟以前有点儿不大一样了——好像有点儿变形，或者说是扭曲……可能他在我心中的形象已经变了吧。当我意识到这一点的时候，就想，这家伙算是废了。作为演员，他已经废了。”

“您怎么不守信用呢？”黄一遍又一遍地问道。他还在傻傻地相信，R老师会写出一部以他为主人公的小说。

“没办法啊，有人气的演员就是会接戏接到手软，没人气的演员就是会被遗忘到阴暗的角落里。这就是现实啊。”

“现在他还会埋伏在路边等您吗？”

“不会了。那家伙，已经不在了。”

“他终于想通了吗？”

“很遗憾，并没有。直到最后他都在说，请您给我分配个好角色吧……”

黄的存在使R老师心神不宁，无法写作。剧团里的其他几个人都觉得，自己有必要出手做点儿什么了。他们采取了行动。

“他们是我的幻想伙伴，换种说法也就是我的大脑所看到的某种幻象。我摸不到他们，所以没法在物理层面上抓住黄，消灭他。但是，剧团里的其他几个人是黄的同类，摸得到他，抓得住他。所以，那天我们就在一起商量了一个计划。”

“什么计划？”

R老师环顾四周，确认没有其他人能听见自己的话以后，才说：“我们决定杀了他。”

那是一个雷电交加的夜晚。

雨点砸在窗玻璃上，天空中不时亮起一片白光。

我正在房间里，边喝威士忌边推敲小说情节，忽然感觉房间的阴影里好像站着个人。

一个瘦长的男性身影从黑暗中浮现出来。他在啜泣。

“老师，拜托您，把我写进小说里吧。我再不出场，大家就该把我忘了。我好害怕，我焦虑得快要疯了。如果大家把我忘了，我就会消失的。所以，请您多给我分配点儿角色吧。拜托，求求您了。”

天空划过一道闪电，照亮了黑暗中的那个身影。

黄正捂着脸，哀哀哭泣。

“对不住，这里已经没有你的位置了。”

我的话音刚落，事先埋伏在房间里的其他几名团员便同时跳了出来，一齐扑向黄，倒剪双臂缚住了他。

黄在震惊中试图抵抗，却毫无用处。他的设定原本就是一个“瘦弱、好欺负”的人。仰面朝天被人按倒在地的他，用饱含悲伤的双眼望向了我。我看着他扭曲的脸，感到深深的恐惧。

赤骑跨在黄的身上。黄挣扎起来，但青按住他的胳膊，桃和黑则一左一右压住他的双腿。白不在——她还没有成为“幻想伙伴”，没有出现在现实世界中呢。再说了，我也没有必要让她看到这样的场景吧。

一阵轰隆隆的闷雷滚过，屋子里的灯光开始忽明忽暗。黄痛苦叫喊着的声音渐渐小了，拼命挣扎着的身体也渐渐软了下去。终于，他一动也不动了。

黄再也没有起来。曾在我的小说里饰演过各种角色的团员，黄，就这样死掉了，消失了。他的遗体被其他人搬走，房间里什么也没留下。没有留下死人的痕迹。什么也没有。

我大概不会被追究法律责任吧。毕竟，我们在那天晚上杀死的，只是一个没有实体的存在。偶尔会有读者写信来问黄到哪里去了——大约他们是发现他好久都没有出现在小说里了，感觉事情有些蹊跷吧——我对此类信件一律不予作答，始终保持沉默。白的出色表现占据了人们的注意力，渐渐地，也就不再有人问起黄了。

当R老师结束这段独白的时候，酒馆已经快要打烊了。此刻，整个店里只剩下了我、R老师和提议组局的责编三个人。我的责编似乎也是第一次听R老师说起这个故事，惊讶得瞪大了眼。

我已经很久没有追过R老师的书了。我好像听人说起过，他的剧团里新来了一个女孩；但我一点儿也没注意到，他的剧团同时少了一个名叫黄的团员。

脑内剧团的成员不是真人，只是R老师在想象中创造出的虚幻人物。但是看样子，就连虚幻的人物也怕自己会消失啊。听着R老师的讲述，我的心里难受极了。

编辑用出版社的经费结了账。我们走出酒馆，在东京的夜色中并肩散步。

“咱们两个都加油哈。”R老师说。

我忽然觉得有点儿好奇。

“说起来，您这次为什么会陷入低潮啊？”

我俩目前都处于才思枯竭的状态当中。

“我也不清楚啊。我现在还是跟从前一样，每天都跟我的剧团成员一起商量故事情节，但这阵子也不知是怎么了，我们状态都很不好。唉，不过有的时候是会这个样子的啦。过一段时间估计就好了。”

也许确实是这样。以前，每当我陷入低潮，也都是过上一阵就自然好了。如若状态不佳，那就干脆转换心态，把这段日子当成集中学习其他作品的时间吧。与其为了写不出东西而苦恼，还不如高高兴兴地多读点儿书，充实一下心灵。这样，等我恢复状态后，现在接触到的一切，都将成为滋养我创作的养料。

忽然，我们看到路上蹲着一个流浪汉模样的老人。我们没有理会，径直从离他不远的地方走了过去。一阵恶臭倏地飘了过来。

R老师边走边说：“啊啊，好臭。真受不了，简直碍眼。”

他的声音很小，但还是被我听到了。

怪了，以前的R老师是绝对不会说出这种话的。我第一次见到他的时候，他还在人行横道上扶起过一个摔倒的流浪汉呢。我展开了想象：小说中的角色是反映作家内心的一面镜子，对于R老师来说，他的脑内剧团成员肯定是跟他内心紧密相连的存在。他杀死的那名团员，黄，虽然性格怯懦、身体瘦小，却能体察他人痛苦。如果说，将他杀死以后，R老师精神世界中的某个部分也随着他一起消亡了的话……

算了，别再想了。这全都是我的胡思乱想。

但，可是……

不知不觉间，我们已经走到了车站。我和R老师方向相反，因此需要分头走向两个站台。在车站大厅告别的时候，我们相互躬身致意。我一直看着他的背影，直到他消失在行色匆匆地追赶末班车的人群当中。

事后，我忍不住从网上买了一些R老师的近作。

这些作品比他以前的书卖得更好，来自各方的书评人都对书中清澈透明的女性角色赞美有加。

然而，我曾经从他的字里行间感受到的那种温柔情感与慈爱视角，现在却已荡然无存。

我不由得悲从中来。

第6章

编辑小姐偏执的爱

一

小说家与编辑之间的关系，很难描述。

小说家负责写故事。

编辑则负责将故事做成书，推向社会。

如果将小说家比喻为在田里收割蔬菜的农民，那么编辑就是把菜上的泥土洗净后装进袋子，再宣传说“这菜可好吃了”，然后把它送到卖场的人。

小说家在写作之际，并不需要借助别人的力量。他们写小说时总是孤身一人，在孤独中沉入内心，捡拾起散落在心灵深处的只言片语，汇集成文。这是一种将个人主义发挥到极致的职业。但编辑就不一样了。如果小说家不写书，他们就没办法做书——当然，编纂已进入公版领域的图书另当别论。

所以，与编辑相比，小说家的地位更

高吗？

这倒也不尽然。

编辑可以主动选择跟哪个小说家合作，但小说家如果没有人气，就会遭到编辑的抛弃，变得什么工作也接不到。而且，编辑还能帮助爱好写作的普通人成为一个职业作家，因为编辑工作的实质，就是从个人化的幻想故事中发掘出社会化价值，并将其打造成一件商品。

作家与编辑之间存在着一种微妙的力量关系，其中并无孰高孰低之分。虽然我很想说，这二者其实很像夫妻，但由于我自己还没结婚，所以也不太敢妄下结论。

说起结婚，我认识的一个女编辑前阵子刚刚结婚了。

她在没结婚时，曾经问过我这样一个问题："我想找一个作家合作，但不清楚该怎么约稿对方才会接受。老师，有没有什么约稿诀窍一类的东西呀？比如说，一个编辑用什么方法跟您约稿，您才会觉得'这个编辑好像挺靠谱的，给这个人写本小说也可以'呢？请您告诉我吧。"

"世界上就没有这样的方法。因为作家基本上全都不愿意写小说。"

"难道不是只有您……"

“不，世界上的所有作家都这样。所有人都不想工作，都觉得坐在电脑前太痛苦，还是躺在床上听听音乐比较舒服。当然也有很少一部分作家，仍然对创作充满热情，但那只是因为他们还太年轻罢了。在出版业界工作过一段时间后，所有人都会逐渐失去干劲儿，心灵变得空虚起来。”

“听您这么说，干这行还真是毫无希望和梦想啊。”

“对于你的问题，我的回答是，如果编辑能和作家建立起信任关系的话，作家就会愿意工作了。所以，你可以试着先从建立信任关系入手哟。”

“那该怎么做，才能获得对方的信任呢？”

“办酒局。你可以花公司的钱，买高级酒给作家喝。接着你就使劲儿夸他，往死里夸。一定要全盘肯定他的人格。这样，一来二去，他就会变得很开心，产生‘这个编辑可以信任’的错觉。”

“错觉也行吗？”

“没问题的。只要你能让他答应给你写稿，你管他是不是错觉呢。”

我跟她聊起这些，已是很多年前的事了。

现在回过头再想，我忽然发现当时我提出的策略中有一个重大缺陷：不是所有小说家都会喝酒，有人甚至觉得跟编辑一起吃饭是件苦差事——比如那些不擅长跟人打交道的作家。碰到那种人时，邀请对方吃饭只会起到反效果。出人意料的是，很多编辑都意识不到这个问题。他们频繁邀请作家聚会，全然没有察觉对方有多大的心理压力。

小说家D老师的悲剧，就是这个问题被放大到极致后的产物。

D老师是位瘦瘦高高、沉默寡言的纯文学作家。他在上大学时就很喜欢文学，但他痛下决心走上写作这条路，并非因为想写出伟大的作品名留青史，而只是因为他对自己的沟通能力感到绝望。他曾这样对我说过："我特别不擅长跟人说话。上大学那会儿，每当想到自己毕业以后该怎么办，我就会焦虑得坐立不安，觉得就自己这个德行，肯定没有办法被社会接受。就算我真能找到一份工作，进入一家企业，到时候肯定也得跟职场里的人打交道吧？但像我这种性格内向、不敢表达、总低着头的家伙，到了职场肯定会受人欺负的。常有新闻说职场新人又因神经衰弱而自杀了，简直就像为我而鸣的丧钟。"

D老师是个眉目清秀的年轻人。虽然他沉默寡言、气质阴郁，但这刚好为他平添了一股神秘气息，使他成了一位别具魅力的纯文学作家。大家都以为他在大学时代肯定很受女性欢迎，但实情却是，这位总是闷闷不乐的男孩不仅没有女朋友，就连普通朋友也没有。

“我不相信自己能在社会上立足，所以我觉得必须得找一份不用说话也不用跟人打交道的工作，尽早学会所需技能，好在将来赚钱养活自己。然后我就想到了写作。如果能当个小说家，我就可以整天关在屋里不出门了。不用跟任何人打交道，也不用跟任何人说话。这对我来说简直就是最完美的工作。”

D老师在上大学时写了大量小说。由于他不跟同学交流，所以从来没人叫他出去玩儿，也从来没人打扰他写东西。他那个时期写下的小说全都充满了阴郁色彩。

“我喜欢塑造性格内向的主人公，喜欢描写他们充满挫折、悔恨感的生活。写作的时候我快乐极了。写小说本来就是一件快乐的事。我从写好的作品中挑了几部自己比较满意的投稿参赛——就是那些在文艺杂志上刊登广告的写作比赛。其中有一部作品成功入围，获得了优秀奖。”

获奖的消息是编辑部发邮件告诉他的。随后编辑部又联系他说，他们想把获奖作品编辑成书出版。他犹豫了，不知道该接受还是拒绝。

“他们跟我说，在做书的过程中，希望我能时不时地到市里去跟他们开一开会。这可把我给吓着了——我连见都没有见过他们，见面以后该聊什么呀？我甚至觉得，与其让自己这么纠结心累，还不如干脆不出这书算了呢。”

最终，他还是决定硬着头皮去跟编辑开会。因为只有出书才能获得版税。左思右想后，他觉得这也是无可奈何的事。

“可能我天生就是个胆小鬼吧。在人前失败出丑对我来说简直如下了十八层地狱。我只想给自己造一个壳，把自己关在里面不受伤害。可是，要想通过写作赚钱，就必须把小说做成商品推向整个社会，而这就必须借助编辑的力量——对我来说，编辑就是我的‘整个社会’了。”

他碰到的第一个编辑是位性格温厚的男人。他认真听取了D老师的意见，精心为D老师制作出了第一本书——D老师是幸运的。

不知道大家有没有听过“责编扭蛋”这个词？“扭蛋”指的是一种胶囊玩具。消费者向扭蛋机里塞入硬币，扭蛋机就会随机掉落一个扭蛋。消费者无法自主选择玩具，可能碰到喜欢的，也可能碰到不喜欢的。所以，所谓“责编扭蛋”，就是用来形容作家“无法自主选择责编，只能祈祷自己遇到一个喜欢的责编”这一处境的行话。

我知道，有很多新人作家都是因为没抽到好的“责编扭蛋”而从文坛销声匿迹的。有人因与责编性格不合而不愿再写，也有人因责编说话方式过于粗暴而心灵受创。对于新人作家来说，责编就是他们通往出版业界的唯一窗口。当他们被那扇窗口拒绝或嘲笑时，就会产生一种错觉，以为整个出版业界都厌弃了自己。

D老师的第一个责编非常优秀，因为他一点儿也没给当时的D老师造成精神创伤。D老师在“责编扭蛋机”中抽到了喜欢的扭蛋。如果当时出现在他面前的责编是个极端粗暴、居高临下的人，那我估计他在第一本书出完之后就再也不会干这一行了。

“那个时候，我还很不习惯跟人说话呢，每次跟编辑开完会，我都精疲力竭，什么事也干不动了——严重的时候，我甚至会直接昏睡个两三天。但是这份辛苦没有白费，我成功出版了自己的第一本书，赚到了第一笔版税。由于印数不多，版税金额也很少，但对我来说，只要省吃俭用，那笔钱也足够我生活的了。”

当时还在上大学的他，在一栋廉价公寓里租了一个小开间。他的兴趣只有看书。对出门见人没兴趣，所以不用花钱买衣服；对吃也没兴趣，一天只吃一个点心面包也没问题。所以他一年只要能出版一本书，就能养活自己——即使书没有再版，初版时的版税也够花了。

“后来，我的大学同学纷纷穿上了崭新的西装去求职。他们在我眼里简直闪闪发光，我是绝对没有办法做到他们那样的。什么企业说明会啦，面试啦，对我来说完全就是另一个世界。大学毕业后，他们都搬到单位附近去住了。只有我仍住在大学边上的廉价公寓里写我的小说。仿佛就只有我一个人拒绝改变，生活在与世隔绝的孤岛上。”

D老师写小说纯粹就是为了逃避社会，而这种自闭倾向也表现在他的作品中。读者可以从字里行间感受到一种恐惧——对社会有一种近似于被害妄想级别的恐惧——并因此而深受吸引。逐渐开始有书评人推荐他的作品，也开始有书店将他的书摆到显眼的位置。他笔下的故事，让许许多多难以融入社会的人找到了强烈的共鸣感。

随着作品多次加印，他的银行存折里开始收到大笔汇款，但他并未改变朴素的生活方式——没买过贵的东西，也没有搬出廉价公寓——因为他没觉得有必要。

一晃，他都已经出道七年了。

二

“听说我的书卖得还算可以。我自己并没有什么实感，不过，我现在确实不会再像以前那样为生活费发愁了。以前我总会有种心神不宁的感觉，担心自己将来会不会因为没钱而上吊自杀。现在确实没有那种感觉了。”

他和社会的关系也在这七年间发生了变化。起初他的社交圈子里只有他的责编一个人，但当他成为畅销书作家之后，想见他的编辑就逐渐多了起来。不仅如此，由于推辞不掉，他还参加过几次主编也在场的聚餐。出版社的年终聚会他倒是从没去过，所以未能结识什么作家同行，但总体而言，他现在确实不再那么害怕社交了。

他的初任责编跳槽之后，他也跟着这个责编转到新出版社去了。他作为小说家的资历越来越深，社会在他眼里已经变得不再那么可怕了。现在，对他来说，和编辑一对一地见面沟通，已经算不上是什么难事了。

“只是，出完几本小说以后，我开始渐渐对自己的作品有点儿厌倦了。有时候写着写着，我会惊觉，自己怎么又在老调重弹啊。可能我的创作风格已经开始僵化了吧。上大学那会儿，我是因为不得不硬着头皮面对世界，并且遭到了无情的‘毒打’，所以才会通过写作把心里的伤痛升华成文学形式的……一个人的内心如果没有伤痛，那他也许根本写不出小说吧。可惜我的那份伤痛，已经在时间的冲刷下变成了旧伤，变成了可供怀念的回忆。所以后来再写东西，虽不再有手足无措的恐慌，但都少了些鲜活的疼痛感。提起笔来，我总是写着写着就走上了熟悉的老路。这样下去可不行了。”

我是不是有必要多跟社会接触接触，让自己的精神受到更多的刺激才行？他禁不住这样想。

“刚巧就在那个时期，有个编辑给我发了一封邮件。那个编辑叫U，是位女性。她发邮件的目的是通知我，由于上一位责编调岗，接下去将由她来担任我的责编。”

D老师跟U小姐所属的出版社几乎没有往来。他既没在那家出版社出过书，也没在他们办的文艺杂志上发表过短篇小说或随笔。因此，他已记不得U小姐的上一任是个什么样的编辑了。

作家这行干久了你会发现，责编这个岗位的流动性远比你想象的要大。我经常听人说，自己还一次都没见过某位责编呢，人家就转岗或跳槽了，以后要换另一个人当自己的责编。特别是像D老师这种永远只跟一个编辑合作的作家，遇到这种情形就更多了。他除了固定合作的责编外，不管谁来约稿都会一口回绝。因此，对方渐渐也就不再跟他联络，成了一个空有责编名号却几乎跟他毫无交往的陌生人。

“U小姐的那封邮件，就是责编换人的时候照例要发的交接通知。我只简单回了一句‘今后也请多多关照’，也没再多说别的了。”

D老师很快就把她给忘到了脑后。

D老师租住的房间位于那栋廉价公寓的二层转角处。廉价公寓附近有一座小公园，公园里有几条石板路，他经常在那边散步沉思。吃的东西基本都是从便利店买的，虽然偶尔也会自己做饭，但他好像并不怎么擅长烹饪。

“那一带住着很多大学生，所以饭馆其实不少。但我非常害怕到陌生餐厅用餐，所以没怎么到店里去过。

我不是很会跟服务员说话，因为经常一连几天不开口，叫服务员的时候，我老是控制不好音量大小。”

他最常去的地方是图书馆和书店，除此以外，也会光顾商业街里的旧书店。

一天，D老师买了本写真集，想着写作的时候也许可以拿来当参考资料。那本集子里收录了很多昭和初期老东京的黑白照片。由于没带包，他就双手抱着影集回家。路过便利店时，他进去买了个点心面包，出来以后就沿着石板路接着往回走。正在这时，有人从他身后叫住了他。

“那个，难道，您就是小说家D老师吗？”

回过头，他看到一位穿着西服套装的女子站在那里。她看起来也就二十岁出头，白白的皮肤、小小的脸，十分可爱。D老师心生戒备，犹豫着要不要干脆假装没听到：自己的照片应该从没出现在任何媒体上啊，她为什么会认出自己呢？他还没想好怎么回答，那位女子已经凑了过来。

“您果然是D老师，不会错的！我是U，前几天我给您发过一封工作交接的邮件。”

“哦哦，就是你啊。”

“前辈告诉过我，老师您就住在这一带。之前给您发快递的时候，地址填的也是这边。其实我自己也住这附近，所以心里一直盼着哪天会在路上跟您偶遇。我听前辈跟我描述过D老师的容貌以及给人的感觉——和您太像了！然后我才叫住了您。”

“容貌？感觉？”

她的意思是，仅凭传闻中的只言片语就认出并叫住了自己？D老师一时之间感到难以置信。而她已经开心地笑了起来：“我这个人啊，直觉可准了呢。我一见到您就觉得，这个人肯定就是D老师。”

就像少女遇见命中注定的人时那样，她的眼睛闪闪发光。U小姐是个充溢着鲜活生命力，并向外散发阳光气息的女孩。她的笑容太过明媚，晃得D老师有点儿睁不开眼了。

“老师，您这会儿有空吗？有空的话，要不要一起去喝个咖啡？我们一起去喝个咖啡吧！”

她的声音愉快又活泼。D老师犹豫了一会儿，还是同意了。他那阵子正好在想，为了防止创作风格日益僵化，得从外部多接受点儿新鲜刺激才行，这个机会正好了。

“也好，走吧。”

“太好啦！”

商业街里有家复古风格的咖啡厅。进去之后，他们找了个窗边的位置，面对面地坐下了。D老师曾从外面经过这家店，但这还是第一次进来。他点了杯黑咖啡，U小姐点了杯冰拿铁。等待咖啡的间隙，U小姐向D老师递上了名片。名片上写着出版社和编辑部的名字，还写着U小姐的名字和电话号码等。

“今后将由我来担任您的责编。今后还请多多关照。”

U小姐先介绍了自己的过往经历，比如自己为什么会到出版社工作、为什么会被分配到现在这个编辑部，以及自己此前都读过哪些书、被哪些作家感动过。

“我在上大学的时候，反复读过最多遍的就是您的书了。那会儿我总是因为人际关系而烦恼，您的书让我感到一种强烈的共鸣。当我得知自己要当您的责编时，我高兴得跳了起来！我好想回到过去，把这件事告诉大学时的自己啊。”

她谈了谈近来出版业界的现状，然后又聊起了编辑部的前辈，以及她自己最近读到的书。U小姐的表情生动丰富，叫他目不暇接。

他俩就这样闲聊了大约两个小时。结账时，她拿着付款单去了前台。她说她可以用公司的钱报销。

他们一起走回相遇时的那条石板路，然后相互道别。

“老师，下次再在这边见到您的话，我还是会叫住您的哟。我总觉得，今天我能发现老师，肯定是因为上帝听到了我的祈祷。真希望有一天可以拜读老师您的原稿。”

说完，她笑着走开了。

“U小姐属于那种非常固执的人。她认定，自己连我的照片都没见过，仅凭直觉试着叫了一声就叫对了人，一定是因为上帝听到了她的祈祷。但事实真的是这样吗？我怀疑，她之所以能猜中我的身份，靠的还是下意识的观察。”

工作日，大白天，一个将近三十岁的男性，在街上溜溜达达，怀里抱着一本以昭和初期的东京为题材的写真集。

D老师的小说常以昭和初期的东京为舞台。如果U小姐以前经常读他的书，应当不难猜出，这本写真集很有可能是写小说用的资料。

而且，编辑部的前辈很有可能跟U小姐描述过D老师的如下特征：“那个人好像整天都在吃点心面包。”

那天，D老师的一只手里正拎着便利店的袋子，而点心面包的包装肯定能从半透明的塑料袋里显露出来。

“其实就是那些信息为U小姐指明了答案，使她认出了我。但她可能从中解读出了什么命中注定的含义吧。”

他是在三天之后再次见到U小姐的。

那天，他出门去图书馆还书，而后信步走进公园，坐在长凳上默默推敲小说的构思。忽然，有个人朝他走了过来还向他搭话。来人正是U小姐。

“她微笑着说‘又遇见您了呢’，然后就坐到了我的旁边，很自然地聊了起来。孩子们在不远处的小游乐场里玩耍，妈妈们在边上看着他们。”

在周围人的眼里，也许他俩很像一对情侣。因为U小姐总是温柔地看着他，而且在聊天的过程中，她的手还会经常碰到他的肩膀或手臂。

“她在开怀大笑时，有时会笑得前仰后合直不起腰。为了支撑自己的身体，她会紧紧抓住我的手臂。所以，我就把身体往长凳边上挪了挪，跟她空出了一段距离。她的表情仿佛忽然凝固了一秒——不过也有可能是我看错了……U小姐长得非常可爱。我猜，她的笑容和不经意间的肢体接触，肯定让很多男人误会过吧。”

那天，在闲谈之后，U小姐还聊起了工作。

“您有什么想写的小说题材吗？”

“啊，那倒……也没有呢。”

“我有一个点子，想请老师您写写看。”

她的点子是一部以昭和初期的女子学校为舞台的幻想小说：女学生们捡回了一枚巨蛋，在教室里一起给它加温。然而，就在她们孵蛋的过程中，女校里接二连三地发生了许多不可思议的神奇现象……U小姐在讲述的过程中，夹杂了很多巧妙的细节，这让D老师有些惊讶。细问之下他才得知，这个故事是她自己高中时就想要写的一部小说的内容。

“我一直想找个时间把它写下来，但拖着拖着，我都长大了这个故事却还没能写出来。那枚蛋里，到底会孵出什么来呢？是梦想和希望吗？还是残酷的未来呢？直到现在，这个故事的雏形也还躺在我的心里，等待着被孵化。如果最终能由老师执笔把它写成小说的话，我连做梦都会笑醒的。”

不知不觉间，嬉戏玩闹的小孩都已不见，公园里只剩下了并排坐在长凳上的D老师和U小姐。天空被晚霞染成绚烂的粉紫色，U小姐那双热情洋溢的眼睛给D老师留下了深刻的印象。

他们在天黑之前道了别。

他第三次遇见U小姐，是在深夜的零点。那天，他结束写作后，脚步虚浮地走出家门，想去买些吃的。正当他沿着大学边上的林荫道朝便利店的光亮走过去时，忽然看到暗夜中缓慢浮现出了U小姐微笑着的脸。

“老师，真巧啊！我一直在想您！”

她就像看到恋人一样向他跑来。这真的只是个巧合吗？D老师觉得十分可疑。他有种感觉——她也许已经在那儿守了很久，只为等到自己经过。可是，她好歹也是个社会人啊，除了自己以外，肯定也有其他作家需要负责，怎么可能在那里一等就是好几个小时？想到这里，他便打消了心中的疑虑。

“老师，您不会是来买晚饭的吧？要不要来我家吃晚饭啊？来我家吃吧！我正准备回去吃晚饭呢。”

“这都几点了，你才下班吗？”

“我们出版社啊，就是个黑心企业！不过工作本身还是很有意义的，因为我可以接触到自己敬仰的作家。好啦，我家在那边，老师，咱们一起走吧！”

U小姐抱住他的胳膊就往前拽。她的胸部正好压在了他的胳膊上。D老师迟疑着没有迈步，反而解开了她的手臂。

“嗯……还是算了吧。我想回家洗洗睡了。”

“请您不要这么说呀，我还想跟您好好聊聊我的小说呢。我前阵子回了趟老家，把自己高中时代写的笔记都带了回来，我想让您过去看看。当时我可真是写了不少构思笔记啊——大概写满了十个笔记本呢。”

“你在说什么？”

“您忘了吗？我在说您和我的小说呀。您之前不是说过，要帮我把我构思的小说写出来嘛。”

他蒙了，自己应该没答应过她啊。可是，U小姐用她清澈的双眼投来纯真的目光，无声地暗示“自己的诚实”。也许，她已按照自己希望的样子，对现实进行了某种扭曲。也许，在她心里，他确实是答应过会给她写的。

“实在不好意思，但我想这里面肯定是有什么误会。我今天累了，想先回家了。”

“这样啊……我知道了。改天我们到餐厅里去吃饭吧。您的联系方式，就是写在邮件里的那个电话号码对吧？等我订好位子就给您电话！一言为定哟！”

U小姐在路灯下，紧紧握住了D老师的双手。好一会儿，她才恋恋不舍地松开了它们，沿着黑漆漆的路走开了。

三

我曾在责编的邀请下到国外玩过几次。按照约定，只要我把旅行中的见闻写成随笔，或者以之为题材写出一部短篇小说，出版社就会帮我报销全部旅费。我这边既能免费旅游，编辑部那边又能拿到稿子，完全是种双赢的关系。

为了约稿，责编会请作家去各种地方消遣。除了组织饭局、酒局外，责编还带我去看过歌剧或歌舞伎等的演出。带作家一起吃喝玩乐时，责编自己的费用也可以由单位报销，所以他们可能也挺乐意张罗这种活动的。

我有个责编曾在一家剧团工作过。有一天，那位责编央求我道："听说他们实在卖不动票，老师，要不您就陪我过去给他们捧个场吧。"

如此坦诚，我反倒不好意思拒绝了。

那天我们去了位于下北泽[①]的一家小剧场。演出结束后，责编上前和相熟的演员们寒暄致意，亲亲热热地聊了一会儿，然后又以想听我讲观演感想为由，邀我同去吃饭。我俩一起畅饮美酒，边喝边聊。等到意识过来的时候，我已经答应要为他们出版社写稿了。恐怕看戏只是个幌子，在散场后吃喝谈心、邀我写稿，才是这位编辑的真实意图吧。也许，像这样的"约稿秘诀"确实存在，并且还在编辑的世界中代代相传。

作家与编辑间的工作交往，分为两个部分。

在第一个部分里，编辑会带作家出去吃饭、旅行，激情四射地谈论对方可能感兴趣的主题，煽动对方的创作欲望。如果作家给出了同意写稿的口头承诺，那么编辑的目的就算达成了。为了能让作家吃得开心，编辑对东京的美食可谓如数家珍。

等到稿子写好以后，二者的合作关系就来到了第二部分。编辑仔细阅读原稿，为作家提出正确的修改建议。一般而言，作家对于自己刚写出的东西，是看不出

① 下北泽：位于东京都世田谷区，规模不大但深受年轻人喜爱。街上有很多时装店、二手衣店及日用品店，还有很多优雅的咖啡厅、酒吧、老字号日式酒馆和大众食堂等老店，形成一种独特的街景氛围。此外，这里还有很多小剧场、展演空间等，被称为"戏剧之城""音乐之城"。

哪里好哪里不好的。这就需要擅长修改的编辑，像名医一样为作家诊断作品中的问题了。好的编辑并不会只盯着错字、漏字这种细枝末节，而会找到小说核心部分的缺陷和结构失衡之处，对原稿进行润色，使其接近完美。如果一个作家在刚出道时就能遇到这种类型的编辑，那他无疑是幸运的。

除此以外，编辑还担负着各种其他的工作，比如宣传推广等等。不过，那些工作都在出版社内部进行，作家很难看到，因此我也不太了解。一个作家在出版业界里混久了以后，难免会和某些编辑产生分歧，进而发生冲突，甚至还可能会闹翻。比如我，就曾因为自己喜欢的一部作品遭到侮辱，而主动疏远了某位编辑。有段时间，我因为跟几个编辑闹得很僵，连出版社举办的聚会都不太愿意去了。作家的人生，总是跟编辑捆绑在一起的。

“U 小姐开始不分白天黑夜地给我打电话。我经不起她几次三番地催，终于跟她去吃了饭。但见面以后，基本上全程都是她在自说自话，完全没有和我交流。”

D 老师是个沉默寡言的人。也许 U 小姐是担心冷场，才会那么积极找话说的。然而，她的做法似乎适得其反了。

“我一直都在听她自说自话，老实说，真是把我给累死了。可是，吃完饭以后，人家却跟我说‘老师真是善于倾听啊’。还说什么‘跟老师待在一起真舒服，感觉什么话都可以跟您说呢’。她似乎觉得，吃上一顿饭，就能加强作家与编辑间的羁绊。也许她坚信，只要两个人在同一个地方一起待上一段时间，关系就会自动加深。”

在餐厅里，U小姐再次谈起了自己在高中时构思过的那篇小说。在她的认知中，“D老师要写这部小说”是个早已确定的事实。

“每天晚上，故事的主角们都会聚在女校的教室里给那颗巨蛋加温。不知从什么时候起，植物开始在学校里疯长，藤蔓覆盖了校舍的墙壁和屋顶。巨蛋中有什么东西正在沉睡，它的梦境侵蚀了现实世界，使校园呈现出了一片奇异的景象。”

在讲述故事的设定时，U小姐的双眼一直在闪闪发光。

“故事的最后，蛋壳碎裂的声音响起，有个什么东西从蛋里钻了出来。我猜那应该是某种对应着女学生内心世界的东西吧。”

“也许它在暗喻即将进入社会的女学生。”

“是呢。在我的设定里，故事的主角们确实是群自我封闭的女孩。我希望，故事的结尾是沉睡已久的某样东西终于钻出了蛋壳，并且与原本自闭的女学生们终于决心走向世界的勇气完美呼应起来。我相信，老师肯定能把这个故事写得很动人的。”

D老师十分困惑。他劝她说，如果你有什么想写的东西，你应该自己去写。他也明确表示了自己不打算写这篇小说。可是，也不知道她到底是怎么理解的，反正不管他说什么，她都只管回答：“看来现在您很忙哈，没关系的，等您想写的时候再写。我会等着您的。”

自打那天以后，D老师每次上街都会碰到假装与他偶遇的U小姐。只要他有一段时间不看手机，手机屏幕上就会出现来自她的一连串未接来电。更离谱的是，有几次，她连招呼都没打就擅自预约好了餐厅，说要和他一起吃晚饭。她的行为逐渐让D老师感到害怕——就算是责编，也不能这么办事啊。

“说起来，您到底打算等到什么时候才开始写我那篇小说啊？”

他收到了来自她的邮件。

“老师，您不是也跟我说过，我的构思超级棒吗？

您不是还摸着我的头说，我是个天才吗？如果您出手的话，肯定可以写出一部杰作的。我的构思加上您的创作技巧，那成果该有多美好啊。我们两个一起创作出的小说，也就相当于我和您的孩子了吧。”

当然，他从来没有摸过她的头。

为了躲她，D老师开始减少外出。点心面包也不买了，每天只啃一点儿家里囤的应急食品过活。

“有一天，我正在家里待着，忽然听见玄关外面传来一阵敲门声，随后就响起了U小姐的声音。我瞬间毛骨悚然。‘老师，我给您带饭来啦。’她说。像她这种忽然闯到家门口的不速之客，真的会把我吓死。我没回答，大气都不敢出地听着她的动静。结果她就那样一直静静地站在门外，大概站了得有三十分钟。听见她转身离去的声音以后，保险起见，我又等了好半天，才敢过去看看门外。门口摆着她亲手做的食物——一锅奶油炖菜。但我实在没有心情吃它，就把它给扔了。”

U小姐长得非常可爱，但事到如今，D老师只要一想到她的脸，就会觉得浑身汗毛倒竖。

“我觉得自己需要搬家了。我得住到一栋安全性更高的高层公寓里去。但在搬家之前，我还有必要跟编辑部联系一下，让他们给我换个责编。其实我早该这么做了，但我实在不爱主动给人打电话，所以就耽搁了下来。那天，我终于拨通了编辑部的电话，心里祈祷着接电话的千万别是U小姐。万幸，接起电话的人不是她，而是一个陌生人。我向对方报上自己的名字，表示希望能跟主编聊上几句。”

D老师跟主编讲了一下现在的情况，恳求主编换掉U小姐。然而主编的回答让他大跌眼镜。

“主编愣住了，然后说他们编辑部里根本就没有一个叫U的女人。而且，他们也从来没有更换过和我对接的责编。那个女人说自己是编辑，其实只是个完完全全的圈外人。”

接到D老师的电话后，主编和真责编立刻赶了过来。主编是个微微发福的中年男人，责编则是一位戴着眼镜、气质沉稳的女性。见到他们本人后，D老师忽然记起，自己几年前曾跟他们两个人有过一面之交。这回他可以放心，自己面前出现的这两个人肯定是真正的出版界人士了。

D老师住的地方就是那种所谓的学生公寓，因此，那两个人进屋后房间就显得有点儿挤了。虽然他们已在电话里大致聊清楚了事情的原委，但D老师还是重新把此次事件的经过原原本本地讲了一遍。随后，他把U小姐送给自己的名片也拿给他们看了一下。

“她仿造了我们编辑部的名片格式。可能她是从什么地方拿到了我们的名片，然后比对着设计了这张假名片吧。不管纸质、字体还是文字大小，都和我们的一模一样呢。这个邮箱地址也很讲究，域名跟我们出版社的域名很像，只是稍微改了一点点。”

主编一脸的赞叹佩服。

U小姐这个名字到底是真是假，现在也成了未知数。D老师试着跟他们讲了一下她的外貌，但他们想了半天，也没想起编辑部里有过这样的人。他们还把兼职员工数了一遍，结果也没找到符合描述的人。

“可能是D老师的热心读者，为了接近D老师而假扮了编辑的身份吧……”

听到戴眼镜的女编辑这么说，主编和D老师也深以为然。

他们三个人一起讨论了接下来的对策。D老师决定尽早搬家，住到一个安保措施更好的房子里去。责编表示自己也会帮他一起找房子。此外，在搬家之前的这段时间里，D老师可以先找一处周租公寓[1]去避一避，租房费用全由编辑部出。有他们两个人帮忙出谋划策，D老师觉得心里踏实多了。

“他俩刚走，我就开始收拾，带上换洗衣物和写作用的笔记本电脑迅速离开了公寓。我请他俩先帮我在出版社附近租个房子，这样，万一出点儿什么事，他俩也能很快赶到我身边来帮我。我走到商业街附近的大马路上，拦下一辆出租车，正要坐进去时，眼角余光忽然瞥见了U小姐的身影。她一见我，立刻笑容满面地挥着手臂朝我这边跑了过来。我拼命催司机赶紧开车。出租车开动以后，我透过车的后挡风玻璃向外望去，只见U小姐的身影很快就被甩在了后面。自那以后，我再也没有回过那个街区。”

D老师住进周租公寓后，有些适应不了新的环境，写作完全停滞不前。

“我拉黑了U小姐的电话号码，但她换了号接着给我打。我都已经拒绝得这么明显了，她却好像一点儿也不在意的样子。每当我不小心误接起她打来的电话时，

① 周租公寓：一种可以拎包入住的短租公寓，租借手续较一般公寓简单。最短的租期是一天，租期为一周以上一个月以下时，性价比最高。

她都会像没事人一样，用爽朗的声音对我说‘老师，您最近还好吗，小说写得怎么样了’，我实在无法理解她的精神状态。”

主编和责编定期会到D老师的住处拜访他。D老师从他们口中得知，U小姐好像曾试图强闯他的公寓房间。

“他们去找警察商量，警方便派人到学生公寓周边巡逻。他们去看了看房间有没有什么异常，结果发现玄关外面的门把手、钥匙孔的周围留下了被破坏的痕迹，似乎有人曾试图把工具强塞进钥匙孔里……据附近的居民说，有天深夜，一个年轻女人曾在那扇门前折腾了很久……不过，她好像最后还是没能进去。”

起初，主编和责编总是一起结伴去看D老师。但渐渐地，主编由于工作繁忙，有时候就不再来了。

责编则仍坚持每两天来看他一次。她花了很多心思，筛选出几处适合D老师的出租公寓，还亲自去现场拍照片、做调研，记录下周边的环境以及公寓到车站的距离等，然后带这些材料给D老师过目。因为D老师整天提心吊胆地躲着U小姐，根本没有心思出门，她还会从附近的便利店买些吃的带过去。

“有一天，主编拿来了一个监控摄像头，是那种无须施工、直接连上Wi-Fi就能用的类型。为了防止发生意外情况，大家都认为在门口装上摄像头比较稳妥。不过，我们事先没有征得公寓管理公司的同意，所以装好以后让人家给说了一顿。”

他们在房门外面一个合适的地方，隐藏好了那个摄像头。D老师随时都能在自己的手机屏幕上看到它拍下的画面。这款产品还有录像回看功能，据说有不少人拿它监控家中宠物。

“我真的很感激主编。多亏了他带来的摄像头，我后来才成功阻止了那场杀人事件。”

四

“当时我大概是被U小姐跟踪了吧。”

D老师真正的责编，那位戴眼镜的知性女子如是说。

“估计她是发现D老师不在学生公寓里了，所以正在四处寻找他的下落。她大约是觉得，只要跟着我就总有一天可以找到他吧。”

某天晚上，责编下班后走出公司，前往D老师的住处看他。她先去了趟便利店，买下一堆点心面包——这是D老师请她帮忙买的口粮。

然后，责编来到周租公寓的正门玄关前，在对讲机的面板上按下D老师的房间号码，请他帮忙解除自动门的门锁。这所公寓的正门带有自动落锁功能，想要开门，必须拨通住户房号，请住户确认才行。

“那个时候，我忽然感觉身后有人正在看我。可等我回过头，却一个人影也没看到……也许U小姐正躲在我身后的某个地方，偷偷看我按下的号码是多少呢。估计她就是在那个时候，知道D老师的房间是在第几层第几号的。”

责编乘电梯来到D老师的房间，把吃的东西交给了他。D老师对她道了声谢。

“D老师是个安静内敛的人。我当他的责编已经很多年了，但除初次见面寒暄了几句以外，我跟他基本上就没说过什么话。我给他发邮件约过稿，但他没接受过。”

两个人聊起找房子的情况，其间也夹杂着一些闲谈。

“我们两个人说话的节奏——或者叫频率——还是

挺接近的。有些作家特别能说，跟他们打交道的时候，我经常会很累。但是和D老师在一起，我却总能平心静气地讲我自己想说的话。他的话虽不多，但我觉得他的沉默也有内容。对我来说，他在倾听、思考，从内心深处寻找合适答复前的那段沉默，才是我们两个真正进行交流的时间。”

她问了问D老师还需要些什么，然后便离开了房间。从始至终，她在这里一共待了一个小时左右。

在那段时间中，U小姐成功地穿过了带有自动落锁功能的公寓正门。他们后来通过警方的调查得知，她是装作自己也住在这儿的样子，跟在这所公寓的其他住户后面，趁自动门还没关闭时溜进来的。

“我走出他的房间正准备上电梯的时候，有个年轻女孩从我身边走了过去。她长得像明星一样漂亮，整个人却显得有点儿别扭，因为那张精致秀丽的脸庞是藏在一堆乱蓬蓬的头发里的，她的头发好像很久都没洗过了一样。她从我身边走过时，目光与我的短暂相遇。在那个瞬间，她的眼色忽然暗了下来。我的脑子还没来得及想太多，双腿就已先走进了电梯。”

责编坐电梯下到了一楼。但是，不安的感觉翻江倒海般涌上她的心头，促使她再次回到了楼上。

“其实在那之前，我并不知道U小姐长什么样子。毕竟只有D老师本人见过她嘛。但我当时就是感觉，那个女孩很有可能就是她。现在想想，我的直觉还真是准。”

她坐电梯返回楼上，刚一踏入走廊，便看到刚才那个女孩就站在D老师的门外。她直直地站在那里，面对玄关门说着什么。

老师，原来您住在这里啊。

我找了您好久。

稿子写得怎么样了？

还没开始动笔吗？

您真是的。不过，我原谅您。

我知道您很忙。

我会一直一直等着您的。

我上高中的时候就一直在琢磨那个故事了。

如果您能把它写出来，肯定会是一部很精彩的作品。

作为您的责编，能够帮到老师，我实在是太开心了。

欸？

您在说什么？

老师，您是不是误会了什么？

您的责编就是我。没有错的。

怎么会……

老师，请相信我。

我们谈谈吧。

您被骗了。

请您打开这扇门。

让我进去。

您为什么不让我进去呢？

刚才那个女人不就进去了吗？

我全都知道哟。

D老师被她吓得想吐。

“她隔着门不停地跟我说话。刚听见门铃响的时候，我还以为责编又回来了。但我在开门前留了个心眼儿，先从猫眼朝外看了一下，结果，就看见笑容满面的U小姐站在那里。虽然她的嘴角在温柔地上扬，但她眼睛里可没有一点儿笑意。那强装出来的假笑吓死人了。”

绝对不能开门。

只要不开门，她就进不来——D老师一边这样告诉自己，一边进屋去拿手机报警。报警以后，很快就会有人赶过来的。D老师离开门边后，一直能听到U小姐在门外嘀嘀咕咕，声音软软的、甜甜的。

拿起手机的瞬间，D老师忽然想起了装在玄关外面的监控摄像头。他的手机通过Wi-Fi连着那个摄像头，只需在屏幕上轻轻一点，就能录下监控画面。他决定在联系警察之前，先把录像功能打开。这很简单，只需启动应用软件，点击录像按钮就行。

“我的手机屏幕上出现了监控画面。当初主编帮我安装这个摄像头的时候，我就确认过它的性能，知道它在光线很暗的环境里也能把细节给拍清楚。此刻也不例外，镜头里U小姐的侧脸被展示得非常清晰。我点开了录像按钮。就在那个瞬间，画面里忽然出现了另一个女人的身影——那不正是刚才已经离开这里的责编吗？我看到她正以飞快的速度朝U小姐逼近。”

乘坐电梯返回的责编，将U小姐当作可疑人物，叫住了她。

你在干什么呢？

我可要叫警察了啊！

不知道U小姐本人相不相信自己编的谎言。她是故意假冒别人的身份，还是真以为自己才是D老师的责编？她采取了出人意料的举动。

“屏幕里，U小姐的身影忽然模糊了一下——由于摄像头性能的关系，如果画面里有什么东西动得太快，就会产生这种效果——随后门外响起一阵乱糟糟的声音，然后出现了女人的尖叫声。”

监控画面显示，责编已经被人压倒在地。

而U小姐正骑在她的身上，双手掐住她的脖子。

“只要没了你……”U小姐的声音从门外传来。

“我现在再报警已经来不及了。我的责编会在警察赶到之前被杀死的……我一点儿没犹豫，打开门，光着脚就冲了出去。”

他听见有什么东西碎裂的声音。

眼镜从责编的脸上掉落，被U小姐踩在脚下，镜片碎了一地。

D老师冲进走廊，狠狠地撞向骑在责编身上的U小姐。他以前连架都没有跟人吵过，当然更没对人做过这种事情。但他这下撞得很结实，U小姐一下就被撞开了。他扶起了咳个不停的责编，支撑着她的肩膀：“你还好吗？”

“老师……”

倒在地上的U小姐摇摇晃晃地站了起来。她望着D老师和他的责编，面容因一种说不出是愤怒还是嫉妒的强烈感情而扭曲。本来很可爱的一个女孩，此刻看上去却非常丑陋。

“住在其他房间的人听见动静，也纷纷打开房门，想看看走廊里到底在搞什么。她发现事情闹大，赶紧乘坐电梯逃了。在电梯门关上之前，她一直用满含仇恨的阴郁目光瞪着我们。”

随后，D老师带责编进屋，扶她坐下，悉心照料。等警察赶来听他讲述完整个事件的经过，这件可怕的事情已经过去两个小时了。

U小姐为什么要掐死她呢？难道U小姐觉得，只要杀了她，自己就能变成真正的责编？“只要没了你……”U小姐当时没说完的那句话，可能包含的正是这个意思。

D老师搬进了一栋安保措施更为完善的高级公寓。这栋公寓的正门需要刷钥匙卡解锁，楼道里安装了多个监视摄像头，并且还配备有二十四小时值班的保安。据说，自打他搬过来后，U小姐再也没有出现过了。

但他只过了一年就从那栋高级公寓里搬了出来。原因是他马上要结婚了，原本那间适合单身汉的房子不够住了。他的结婚对象正是那位差点儿被U小姐掐死的责编。她爽快的性格给D老师留下了好印象。

二人搬进一栋住户众多的家庭型高级公寓，开始了共同生活。平日里，他俩基本上总是各自待在自己的房间里，分头工作，只会偶尔在客厅见上一面。二人之间有种恰到好处的距离感，能够给予彼此充分的个人空间。

她在结婚以后想继续做编辑，D老师便开始给她写稿。她负责的D老师的第一本书，在出版当年受到了众多书评家的热烈赞扬。

结婚并组建家庭，是D老师决定直面社会的郑重宣言。和其他人在同一屋檐下共同生活，也给他的创作带来了正向刺激，使他在挑战新的创作风格时大获成功。读者对于他的努力，给出了积极的正面回应。

多么完美的结局！估计所有人都会这么想吧。

可我却忍不住想知道：U小姐现在人在哪里？她在做什么？

她到底是什么人？她的目的又是什么？

她的目的是故事吗？借助自己尊敬的作家之手，写下自己一直想写却写不出的故事？她是只想私自珍藏原稿，还是想把原稿出版成书，推向社会？

“我尽可能不去想U小姐。我现在很幸福，这就够了。”

D老师在采访的最后时刻这样说道。

为了详细了解这件事的来龙去脉，我前段日子找D老师聊过几次。我之所以能够请动这位不爱见人的作家，全仗一位我们两个都认识的编辑从中协调。

据说U小姐后来再也没有露过面，但我却发现了有关她的一条线索。最后姑且简单说上两句吧。

我在采访D老师的过程中，请他把周租公寓玄关外的监控录像也播给我看了一遍。因为，那是记录U小姐长相的唯一资料。

站在玄关外面的U小姐看着的确非常可爱。虽然D老师说，她临走的时候，整张脸因愤怒而扭曲了，但是监控录像里的她始终显得楚楚可怜。我拷贝了一份视频数据，以便随时能用自己的电脑观看。前一阵子，我在家中播放那段视频的时候，看着U小姐的脸，忽然有些发怔。因为，我觉得自己在哪儿见过她似的。

可是，在哪儿呢?

我在整理邮件的时候忽然想起来了。

我曾在一位责编的邀请下，去过一次下北泽的小剧场。那位责编曾在一家剧团工作，那天我们去下北泽，就是去看那家剧团的戏。

当时责编给我发的邮件邀请函中，附有那出戏的电子版海报。我点开海报细看，发现上面印有演员的照片。虽然那些照片很小，但我还是一眼就从中认出了U小姐。对了，她曾出演过当时那部戏！她饰演的角色令人印象深刻，所以我直到现在都还模糊记着她的样子。

我曾经在下北泽的小剧场见到过她。演出结束之后，我的责编上前叫住了她，然后亲热地攀谈起来。莫非，当时在小剧场里演戏的那个少女后来成了个跟踪狂，跑去纠缠D老师了？

不，恐怕不是。因为，当时邀我到小剧场看戏的责编和后来与D老师喜结连理的那个戴眼镜的女编辑，其实是同一个人。

如果我的记忆没有出错的话，责编和U小姐很久以前就彼此认识。但她却说，“在那之前，我并不知道U小姐长什么样子。”

我的心里浮现出了几个假设。

U小姐之所以能伪造编辑部的名片，是不是因为真正的责编给过她真正的名片？

U小姐第一次叫住D老师的时候，说自己是凭直觉认出他的。但实际上，她是不是在真正的责编那里，事先看到过他的照片？

在这整个事件中，获利最多的是谁？

反正肯定不是U小姐。

最终从D老师手里得到原稿的，又是谁？

不，这不可能，我在胡说些什么。责编怎么可能为了接近D老师，事先写好所有的剧本，还找演员朋友假扮跟踪狂呢……别说了，别说了，我不要再想下去了。

但是，假如这不是胡说呢？那我自己也逃不了干系。

“如果编辑能和作家建立起信任关系的话，作家就会愿意工作了。所以，你可以试着先从建立信任关系入手哟。”

这句话是我对责编说的，但她竟然为了建立信任关系，导演出了那样一场闹剧。这场演出意外地大获成功，不仅让她收获了D老师的信任，还让她收获了D老师本人。

当然，这些很可能都不是真的，都是我胡说的——但总之，我还是什么都别跟D老师说了。

第 7 章

心灵感应小说家

一

“我是在越南南部一个贫穷的村庄长大的。我的父母经营着一个农场，收入微薄，我的弟弟们经常吃不饱肚子。”

小N是个长相木讷的年轻人，会说一口流利的日语。十八岁那年，他作为技能实习生①初次来到日本。

“有天，村里来了一群西装革履的成年人。他们挨个儿走访邻近的几个村庄，寻找有力气能干活儿还愿意到日本去的年轻人。我听他们说，日本是个富裕的国家，在那儿打工工资很高。而且，到了那边以后，我们可以一边在工厂打工，一边学习知识技术，回国以后，就能凭借在日本积累的经验找到一份待遇很好的工作。我觉得留在村子里横竖一辈子也脱不了贫，因此就和家

① 日本的“技能实习生制度”始于1993年，招募外国人来日本务工实习1—3年不等，实习生学成后将日本的技术和知识带回故乡，从而达成国际合作。

人商量了一下，决定到日本去了。”

小N先在技能实习生的配送机构[①]进行了注册，然后在该机构接受了简单的日语培训，学了一些日本的文化习俗。

“我为出国支付了一大笔钱——那都是我父母找人借的。当时我还以为，到了日本工作以后，我很快就能还清那笔钱呢。”

一个月后，小N怀揣着梦想来到日本。据说，当时他搭乘的那个航班上有很多像他一样赴日务工的技能实习生。

刚一抵达日本，他们就被分配到了各地的工厂。小N第一个工作的地方是某个金属部件加工厂。宿舍楼里住着很多像小N一样的外国人，一个狭小的榻榻米房间里要挤五个人。

“那个房间简直就像监狱。我的梦想，就像被扎破的气球一样，瞬间泄了气。”

小N苦笑起来。摆在他面前的现实，与他在越南时所听到的宣传内容，简直太不一样了。报酬低得可怜，

① 目前，日本接收外国技能实习生的类型有“企业单独型”和“团体监理型”两种，后者占绝大多数。在“团体监理型”中，希望去日本工作的外国人先在当地的“配送机构”进行短期培训，然后被送到日本的“监理团体”，之后在其旗下的企业等地进行技能实习。

他没钱寄给家人，也无法偿还为了出国而背的债。不管他怎么工作，都存不下一丁点儿钱。

“我只干了一年就不干了。主管一天到晚欺负我们，我实在受不了，就跟同住一个房间的工友一起逃了出来。我们曾经从一个相识的外国人口中得知，别的地方有个工厂，条件比我们原来的工厂要好得多。于是，我们逃跑以后就去了那儿。”

由于忍受不了恶劣的劳动环境，大量技能实习生选择潜逃。每年，日本境内都有数千人失踪。

“但是，我们后来去的那个地方，比上一家工厂还要糟糕。‘工作轻松’‘工资高’‘对外国人友好’等这些都是黑心工厂散播的谣言，目的就是让无处可去的务工者自投罗网。日本境内，有好几个以这种方式聚集起来的外国人村。为了防止我们逃跑，工厂没收了我们的护照。在那里，我们每天都要面对繁重的体力劳动，主要工作内容就是把装满废液的金属罐子运进深山，埋到土里——那些废液很有可能都是非法废弃物。”

在一个寒冷的冬日，小N因感冒而发起了高烧。但是工厂不允许他休息，于是他只得脚步虚浮地照常出门，继续搬那些沉重的金属罐子。

“忽然，我的大脑一片空白，然后我就倒了下去。

我感觉身体冷得发抖，脑子里却烫得好像有岩浆流动一样。我摔倒的时候，金属罐子也整个儿倒在了我的身上，流出的废液把我全身都浇透了。工友们立刻赶了过来，用水帮我冲掉身上的废液，但我还是翻着白眼不停抽搐——这些都是后来我听别人告诉我的，我自己是一点儿记忆也没有了。”

人们把小N抬进屋里以后，就任其自生自灭了。村子的管理者们没有带他去医院，因为他们害怕这会暴露自己非法丢弃废料、强迫外国劳工进行不合理劳动的事实。

“如果当时我就那么死了的话，估计他们只会无声无息地挖个坑把我给埋了吧。所幸，我躺在床上呻吟了三天以后，总算是活了过来。但活过来以后，我却忽然发现自己拥有了一种神奇的能力……”

小N闭上眼，用一根手指按住脑袋的侧面。

“也许是高烧把我脑回路的什么地方给烧坏了吧。当然也有可能，我摔倒时浇到我身上的废液，让我的身体结构发生了重组……”

×××

我是从一个编辑那里打听到小N的联系方式的。那个编辑叫A，是个年近四十岁的男人。

“我和小N是在新宿的歌舞伎町[①]认识的。那段日子里，因为J老师出车祸的事情，我每天晚上都要借酒浇愁。刚巧有个老同学在那时候联系了我，问我要不要一起去喝上一杯。我们先去餐厅吃了点儿东西，然后信步走进一家十分冷清的小酒吧。店里有个外国男孩，正用生涩的动作为客人端酒。那个男孩就是小N。”

他是怎么来到歌舞伎町工作的呢？

“他放弃了被没收的护照，直接从地狱般的工厂逃了出来。估计他觉得，继续在那里待下去的话，自己肯定会没命的。在山里游荡了几天之后，他终于走出深山进入城市。后来，他在城里遇到了一个越南人社区——在酒吧的这份工作就是社区的人帮他介绍的。”

A先生和他的朋友在那家酒吧里喝了几杯鸡尾酒。

“聊了一会儿，我的那个朋友就去上厕所了。等他去上厕所，座位上只剩我一个人的时候，小N忽然开口

① 歌舞伎町：东京的娱乐中心之一，位于东京都新宿区中心地带。这里集中了电影院、酒吧等，到深夜依然灯火通明、人来人往。

跟我说话了——那会儿，他还只会说些很简单的日语单词呢。”A先生说。

“那个人，坏人。你，被骗。小心。相信我。你，被骗。”

A先生大惑不解。他的朋友上完厕所回来后，那个外国店员立马走开，消失在了酒吧角落。

“我几乎要以为自己酒精中毒，产生幻觉了呢。不过，那孩子跟我说话的时候，表情特别认真，声音特别着急，搞得我不由自主地紧张起来。后来，我和朋友走出那家酒吧，又去了第三家店。到了那里以后，朋友忽然问我想不想做一笔投资。他说他知道有桩买卖绝对赚钱，问我打不打算趁早入伙。”

A先生想起了刚才那家酒吧里的外国年轻人。最终，他拒绝了朋友的提议。

几周后，A先生听说那个朋友被逮捕了。据说他前阵子四处找人聚餐——还专找熟人——谎称有赚钱的机会，借此从朋友的手里敛了一大笔财。这只是一种很常见的投资诈骗。

“我很惊讶，也很愤怒，愤怒于朋友竟然背叛了我。但等我稍微冷静下来后，又忽然想起了那个外国青年——他到底是怎么发现我的朋友的企图的呢？我决定再去会一会他，顺便向他道一声谢。”

A先生再次来到那家冷清的小酒吧。他找到一个店长模样的人，请他允许自己跟那个年轻店员聊上几句。

两个人在酒吧里找了个角落坐下，那个外国青年说自己的名字叫N。A先生是在那个时候知道他是越南人的。

“你为什么会知道我的朋友想骗我呢？”A先生问。

小N的回答令他感到难以置信。“我，能看懂，脑子里的东西。碰到以后，能听见，心的声音。端酒，时候，碰到了，手指。我知道，他要，骗你。”

这就是所谓的“心灵感应”[①]，或称“传心术”。从十九世纪八十年代开始，世界上的众多机构就对此进行过研究。2023年的研究报告显示，这种能力很可能与量子纠缠现象有关。小N说，自己触碰到一个人后，就能读懂对方的想法——这话要是放在平时，A先生肯定会付之一笑。

“我刚听到的时候不大相信，所以决定做个测试，

① 心灵感应：也称“心灵现象”，指个体不借助任何感官或物理途径，将信息传递给另一个体的现象或能力。被传递的信息往往被描述为与普通感官接收的信息相同。关于如何探测、了解和使用心灵感应已有很多研究，但由于无法通过科学的重复性检验，科学界一般认为心灵感应不是真实的现象。

让他说说我脑子里的想法。如果他说错了，就证明他的能力不是真的。”

A先生首先让小N猜测自己的职业。

小N神情紧张地摸了摸A先生的手。

“你，制作，书。很多，文字的，书。Xi、Xiao……不认识，这个词。”

“小说？”

“对。就是这个词。Xiao Shuo。你做，Xiao Shuo的，工作。还有，能看见，睡在，床上，老爷爷。眼睛，一边，没了，老爷爷。”

A先生大吃一惊。这回他确信，小N的能力绝对是真的了。

他不由得有些害怕，一把甩开了小N的手。

“对不起。”

小N显得有些抱歉。

“没有，没有，我就是有点儿惊讶而已。不过，你可真是了不得啊……”

瞬间，他灵光一现——小N的能力，说不定能帮助自己摆脱困境。

“那什么，有件事情我想请你帮忙。这件事情只有你能做到，所以请你一定要帮帮我。我会多付钱的。”

“工作？”

小N摇了摇头。

“工作，做不了。雇用，我，你，会被，逮捕。”

小N的身份是非法滞留者。他出逃时没有要回护照，因此也没能更新工作签证——酒吧店主雇用他时倒是知道这件事的。

A先生有点儿犯难，但还是决定想想办法。他说自己可以给小N提供吃、穿、住宿，并以不触犯法律的形式向他提供金钱援助。

“但是，我，做什么？”

小N有些困惑。

A先生解释说，他想让小N帮他写小说。

X X X

几年以前，我与小N有过一面之缘。那天，我去病房探望J老师时，A先生将一个越南青年拉到我的面前进行介绍。那个青年就是小N。他的肤色比日本人的稍黑，小小的脸，显得温柔可亲。

“J老师变成这样以后，多亏这孩子给我帮忙了。”

我记得A先生当时是这么跟我说的。我还以为小N

是他雇来照顾J老师的护工。

那个越南青年用流利的日语招呼我道："我是N，请多多关照。我去给您买点儿饮料吧。您想喝什么？咖啡可以吗？"

他经过我身边走出病房，擦身而过的瞬间，他的手背碰到了我的手。

J老师始终沉默。不管我们说什么、做什么，他都毫无反应。护理床的上半部分被摇了起来，J老师靠在上面，脸正对着我们。那张脸上的骨骼整个都变了形，导致他脸颊凹陷。绷带斜缠在脸上，捂住了曾经嵌着右眼的地方。

J老师年纪很大，极为消瘦，没出车祸的时候长得像只公鸡。他的作品融合了推理小说与纯文学的风格，以流畅华丽的笔调生动地描摹出了日本人的精神世界。《岛国》是他的代表作。他曾多次斩获国内外各类文学奖项，是蜚声文坛的文豪巨匠。

我和J老师并无私交，只在聚会上打过几次招呼。我这次之所以会去病房看他，纯粹是因为A先生叫我来开会，而地点选在了病房里而已。"您正好也来看看J老师吧。"

他的样子令人触目惊心。事故引发的脑出血致使他全身瘫痪，从今往后，他将再也无法说话、走路，甚至抬起手指了。此外他也控制不了面部肌肉，看上去永远都是一个表情。他毫无生气地躺在床上，宛如服装店里的人体模型。

但他仍能听见声音，意识也还清醒——有人叫他的时候，他的脑电波会发生变化。他的身体虽然无法动弹，大脑却还和以前一样，能够思考。这是一种被叫作“闭锁综合征”[①]的特殊状态。当一个人处于这种状态中时，他有意识，却没有表达意识的手段，就像灵魂被锁在了肉体中一样。

一般来讲，闭锁综合征患者都是能够上下移动眼球或眨眼的，但J老师却连这个也做不到。他在车祸中遭受了极为猛烈的撞击，导致脸部骨骼严重塌陷，右眼眼球也没有了。左眼眼球虽说还在，但它周围的肌肉神经受了损伤，因此左眼也动不了。

躺在床上的J老师已与外界完全隔绝，无法跟任何人交流。他是再也不可能写作了——所有人都这样认为。大家都为世界上又少了一位伟大的小说家而感到

① 闭锁综合征：神经科急危重症，主要是脑桥基底部病变引起的临床综合征，典型临床表现是患者神志清楚、双侧面瘫、四肢全瘫，丧失语言功能，只能依靠瞬目、眼球运动表达意愿。病程较长，通常难以治愈。

悲伤。

然而不可思议的是，当我在病房里见到责编A先生时，却发现他的表情异常明快。现在我知道那是为什么了——当时的他，已经找到了与J老师的精神进行通信，并从中获取原稿的方法。

二

我让小N跟我讲讲，他第一次见J老师的情形。

“我记得那是一家很气派的医院。医院门口站着保安，我很害怕。当时我的身上没有护照，而且，由于我是从技能实习机构逃出来的，所以在留资格①也被取消了。我真怕他们会把我抓起来——怕死了。”

小N跟着A先生乘电梯上到高处的楼层。J老师的病房位置极佳，可以俯瞰东京都内一整片高楼大厦。

“进了病房以后，我看见床上躺着一个模样凄惨的

① 在留资格：日本法务省针对长期（3个月以上）在日生活、工作、学习的外国人，颁发的允许入境许可证。

老人。那个老人就是J老师。他的脸在车祸中被撞变了形，看起来非常吓人。”

虽然小N已经事先听说过J老师的情况了，但是亲眼见到以后，他还是忍不住皱起了眉。

A先生对老人说：“老师，您醒着吗？我给您带了一个人来，也许他能帮得上您。他是个越南人，名字叫小N。他有一种神奇的能力，可以知道老师脑子里在想些什么。”

J老师没有回答，毫无反应。在小N眼里，A先生就像在对着一块人形大石头自言自语。他不禁怀疑：这个老人的脑子里，真的还存在思维活动吗？

当然，只要运用心灵感应能力，他立马就能知道答案。小N在床边摆上一把椅子，坐下，然后把手放在了J老师的胳膊上。那是一条枯枝般的手臂，上面皱纹密布，血管凸起。小N的手触碰到了那条手臂的皮肤。

“就在那个瞬间，各种语言和图像涌进了我的大脑。恐惧、不安、困惑、愤怒……这个世界上的所有感情都混合成了一股洪流。我觉得自己仿佛被扔到了一片风狂浪大、滚动着巨大漩涡的海面上……J老师的呐喊声太大，差点儿把我的脑壳都给震碎了。我吓得赶紧缩回了手，立刻就回到了安静的病房中，眼前只剩下人偶一样静静躺在床上的J老师。”

小N第一次来病房的时候，距离车祸已经过去了两个月。在那漫长的两个月里，J老师的脑中一直在不断地生产着各种情绪和语言，但它们完全得不到宣泄，在肉体的牢笼中越积越多，几乎快要将他撑破了。那该是一种怎样惨绝人寰的孤独处境啊。

小N决定先从安抚他的情绪入手。

“没事的。别害怕。我，知道，你，想的事情。冷静。”

他一边说，一边重新触碰J老师的手臂。他又一次感受到了喷涌而出的情感，趁自己被巨浪吞没之前，慌忙地缩回了手。

“他的喊叫声不是真实存在的，我只有在碰到他的时候，才能在脑海里听见那个声音。那片声浪里充斥着懊恼、憎恶，以及其他的激烈情感，其中偶尔还会闪过几个我能听懂的单词：窗帘、光、不爽……这时，我忽然理解了他想表达的一部分内容。”

小N起身拉上了窗帘。他推测，也许是照进房间里的阳光过于耀眼，让J老师不舒服了。

“窗帘，这样，可以？我，明白，你，想说的，一点点。你的，语言，我，能听到。”

小N又摸了摸他的手臂。这一回，那片狂乱的情感漩涡变得平静了些——也许因为J老师发现，有人终于能理解自己的意思了吧；与此同时，惊愕、疑问、踏实等情绪也从J老师的心中涌现出来。

“各种没有明确形状的、模模糊糊的形象，在同一个瞬间涌进我的脑子。它们像液体一样相互粘连，融合成一片像大海一样的形态。一个又一个词汇就像一艘又一艘的潜水艇，从那片大海的深处浮到水面上来。也许，语言归根结底都只是一些符号而已，不是本质性的东西。但我们人类却只能依靠捡拾那些符号，试图相互沟通。”

从J老师的精神之海深处浮现出的语言，进入了小N的头脑中。

你是外国人？谁？

“对，我，外国人。越南，来的。”

你能理解我的意思?!

“是的，我，可以，理解，你，想的东西。”

你能听见？能听懂?!

“能听见。能听懂哟。”

太棒了！终于有人能听见我的声音了！

J老师大声称快——尽管那快意的声音只有小N一

个人能听见。

“和他沟通的过程，有点儿类似于调试收音机的过程——我需要从一片刺啦刺啦的杂音中，准确地找到说话声音最清晰的频率。经过我俩的共同努力，我们终于对上了频道，从此以后，我俩沟通起来就顺畅了。我和J老师之间接通了一条无形的电话线路，随时可以进行通话。不过，由于我只拥有接收信息的能力，因此我在回答时，还得张嘴说出来才行。真庆幸J老师的耳朵还是正常的。”

第一天，他们两个就先彼此熟悉了一下。那位本已变得像人偶一样，只能静静躺在床上的小说家，有望借助小N的特殊能力，再次向社会发出自己的声音。

“就算拥有心灵感应能力，我也并不能在瞬间读完对方脑子里的所有内容。这就好比，当你翻开一本书的时候，如果上面密密麻麻地写满了字，你是很难一下子就看懂那一整页都在讲什么的。心灵感应的过程也是一样的。当时，从J老师脑子里涌出来的词汇实在太多，把传输通道都给堵死了。而且，他在思考的时候总爱用些晦涩的词，我一碰到那种词就当场卡壳——当然，如果他能像绘本一样给词配上画的话，我倒还能稍微揣测一下词义。看我反应那么慢，J老师很不高兴，冲我发起了火。当时我心里想，这个老人可真不好相处啊。”

J老师是个神经质且易怒的人。他在出车祸前，经常对社会上存在的问题大发牢骚，说起话来口若悬河，突突突的仿佛机关枪扫射一样。

“等到可以跟我进行沟通以后，他就借我的嘴，向A先生抱怨了一通。他说护士对他照顾不周；还说希望以后可以安排个人，每天早晚给他打开收音机，调到新闻频道。总之，他对自己的住院生活提出了一系列事无巨细的改善要求。A先生从头到尾都显得无比耐心，他流着眼泪，满脸幸福地把J老师的牢骚全都记了下来。”

X X X

A先生告诉我：“J老师原本是很反对接收外国劳工的。他在杂志上发表过一篇杂文，主张日本应该闭关锁国，言辞很激烈，结果被网友给骂惨了……这件事情我到现在都还记得很清楚呢。当然J老师也明白，日本现在因为少子、高龄化，劳动力匮乏现象非常严重，不接收外国劳工根本就不行。但他老人家就是喜欢发表一些很过激的言论。我很欣赏J老师的小说，也很尊敬他这个人。但他的性格，肯定是有问题的。”

J老师是在日本刚刚战败后的时期成长起来的。通过他的自传可以知道，他在儿时受到父亲和祖父的影响，萌生了强烈的爱国之心。在成长过程中，他眼看着整个日本社会对外国文化趋之若鹜，心中感到非常悲哀。

“J老师总说美国侵略了日本的文化。他说，如果继续像现在这样不停地接收外国人的话，日本这个国家的文化迟早会变得越来越淡，终至荡然无存。也许正是这样的思想，促使他在小说里将日本文化刻画得那么美吧。愤怒与危机感，正是他的写作动机。”

如果J老师没有成名，他大概率会成为一个随处可见的“烦人老头儿”吧。可在现实中，往往正是那些思想偏激的人，更能写出不同凡响之作。一篇又一篇的杰作开始从他的笔下接连诞生。

但是，J老师的那些作品中全都隐约透出了对外国人的仇视。若非处于闭锁综合征这种特殊状态之下，J老师估计是很难接受小N的吧。

“如果我不是编辑的话，我肯定不会想到带小N去见J老师——他拥有的可是如假包换的心灵感应能力啊，我该把他送到国家研究机构去接受调查才对。但我的脑子里当时只有‘好想继续往下读J老师的小说’这一件事，别的什么也顾不上了。”

车祸发生那会儿，J老师有本小说刚刚写到一半。A先生是那本书的责编，此前已经拜读过它的开头部分。

A先生把小N带来那天，对J老师提了这样一个建议：“您能不能把那本小说给写完啊？有了这孩子的帮助，您一定可以做到的——小N可以感应您的想法，然后代替您把文字打出来。如果您就此退出文坛的话，实在是太可惜了。”

若是换我处在J老师的位置上，听到A先生这么说，我很可能会勃然大怒，觉得他太强人所难了——不过像我这种懒人就还是别跟J老师将心比心了吧。

渴望创作的火焰似乎仍在J老师的心中燃烧。他对自己的命运——还没写完作品就全身瘫痪的命运——有一种近乎愤怒的不甘。老人接受了A先生的提议。

“‘没问题，我干。’这个人，这样，说的。”

小N摸着J老师的胳膊，替他传达了决定。

“我从来都没像那天那样开心过。我本来都已经放弃那本小说了，现在却忽然见到了曙光，能不高兴吗？离开病房以后，我带小N去餐厅吃饭。我跟他说，你想吃什么就随便点，把他给感动坏了。为了省钱，那孩子好像已经几天都没好好吃过饭了。食物刚一上桌，他就含着眼泪狼吞虎咽地吃起来。”

两个人当场就讲定了报酬金额。A先生决定自掏腰包，毕竟他也不能让公司去雇用一个非法就业人员啊。

饭后，两个人走出餐厅，A先生开始着手安排小N的住处。据说，小N当时正寄宿在越南同乡的公寓里，A先生让他从那里搬出来，住到离医院较近的一间周租公寓里去。他还给小N买了台笔记本电脑，帮他弄好网络，并教会他如何使用文字处理软件。

自那以后，小N便开始经常出入病房，和J老师齐心协力搞创作了。

“当然，这项工作起初进行得并不是很顺利……”A先生凝望着远方说道。

X X X

“那肯定啊！在那之前，我可是连碰都没有碰过电脑。A先生在他给我找的房间里，教会了我怎么开机，怎么启动文字处理软件。一开始，我对电脑操作系统太不熟悉了，所以就请他先帮我把系统语言设成了越南语。当我第一次成功使用浏览器打开了一个越南语网站时，思乡之情一下子就涌上了我的心头。”

A先生打开了一个地图网站，让小N将自己老家的地址输入进去。小N笨拙地敲下那串字母。随后，屏幕上出现了一张卫星照片。尽管影像不太清晰，但将那张照片放大以后，小N还是一下子就从中认出了自己越南老家的房顶。

“那种感觉好神奇啊——我的故乡竟然出现在了电脑屏幕上！我用手抚摸着屏幕，呼唤着父母、兄弟的名字，差点儿哭出声来。”

A先生回去以后，周租公寓的房间里便只剩小N一个人了。那天他彻夜未眠，一直在鼓捣A先生送给自己的那台电脑。到了第二天，他已经能够上网查询自己想了解的任何问题了。

“我一开始不太会用日语打字，但等我掌握了方法以后，发现其实还挺简单的。毕竟越南也用汉字嘛。虽然现在越南语在越南更为普及，但古时越南同属于汉字文化圈，因此直到今天，我们在生活里也还是会使用汉字。”

网上的翻译软件可以在一瞬间就将日语翻译成越南语，反之也是。小N利用新获得的工具，贪婪地吸收着各种知识。不过几天工夫，他就已经学会了盲打。

“但是，写小说的工作进行得一点儿也不顺利。A先生起初总是陪我一起到医院去。我会坐到床边，把手放在J老师的胳膊上，跟他闲聊几句，然后切入正题。我很清楚自己该干什么——等J老师的脑海中浮现出小说的后续情节，我就边感应，边把那些情节逐字逐句地敲到电脑里。非常单纯。可是，就是这么一件单纯的事，做起来却出乎意料地难。”

问题到底出在哪儿呢？

小N回忆着当时的情形，露出复杂的表情。

“小说的题材对我来说实在太陌生了。J老师脑子里的那些语言，简直就是一堆毫无意义的咒语，我一个字也听不懂。作品的时代设定，是江户时代的日本啊！而且故事舞台还被放在了吉原游廓①。简直让人匪夷所思。”

J老师的未竟之书叫《游廓人偶》。

---

① 游廓：旧时日本政府认可的风月区，以围墙、水沟包围集中成一区，便于治安管理。有游里、色町、倾城町等别称。吉原游廓是近代日本最著名的三所游廓之一，影响力也最为深广。它由江户幕府建立，其旧址在日本桥附近，后在1657年的大火中被烧毁，新建在如今的浅草，又称“新吉原”。

这部复杂的人性剧，描绘了属于花魁[①]们的绚丽世界。

但是对于小N这个越南人来说，“江户的游廓”却是一种闻所未闻的存在。要他帮忙写这个，确实有点儿强人所难了。

“他们期待我能成为J老师的双手，替他打字。但是，我实在搞不懂他脑子里的语言和图像都是什么意思，因此打起字来磕磕绊绊。每当我碰见听不懂的词，都会停下来问他这是什么意思。结果终于把J老师给问烦了。他对我发脾气，说：‘你连这也不懂吗?！’”

两个人无法顺利协作的原因，似乎并不仅限于文化上的隔阂：小说的后续情节不全是以工整的文字形式浮现在J老师的脑海中的，而是会以一种模糊的状态流入小N的脑子。

“如果他在脑子里已经把文章一字一句码好了，我肯定会轻松很多。但是，打个比方吧，从他脑中流进我脑中的东西，就像是还没被面包师塞进烤箱里的面团，

① 花魁：吉原游廓中地位最高的游女。她们不仅拥有绝世容貌，还接受过严格的艺术训练，精通文学、书道、茶道、棋艺、三味线等艺能。花魁在当时的社会中具有较高的地位，其形象和生活方式对日本的文化艺术产生了深远影响。

各种关键词和图像都黏黏糊糊地混成一团，我得一边推测他到底想怎么组织语言，一边试着打下文字。”

因此，故事的背景知识对于他就显得格外重要了。面对J老师脑海中那些碎片化的故事信息，小N不得不边猜边写。

“我每打完几行字，都会请J老师确认一下，让他判断那段文字是否正确。起初，我会把电脑屏幕拿到他面前让他自己看。但他根本控制不了自己仅剩的那只眼球，眼球一个劲儿地轻微抽搐，完全对不上焦。”

于是，小N改为出声朗读自己打出来的文章，让J老师进行确认。不过，读完文章以后，他通过皮肤接触收到的反馈基本都是怒骂之声：“不是这样的！你这是什么破烂文章?！小学生作文写得都比你好！滚回你自己的国家去吧！”

“我真是受够了。那会儿我的日语还不是特别好呢，他却希望我能写出第一流的日语小说，未免太不近情理了吧？我有好几次都因为受不了J老师的谩骂，从病房里逃了出去。”

逃出病房以后，为了透口气，小N在医院里漫无目的地溜达起来。但保安的目光总是叫他心神不宁，医院里熙来攘往的人们似乎也全都在看他。据说有很多人在经过他身边后，会回过头来，露出一副“这里怎么有外国人”的惊讶表情。

“现在回想起来，也许当时我是有点儿自我意识过剩了……”

回到病房以后，小N发现J老师也在床上老老实实地反省着自己的错误呢。估计他也很不安吧。毕竟，如果没了小N，他就失去了与外界沟通的唯一手段。

A先生对于写作进展不顺利的情况非常重视，想尽办法予以帮助。他让小N学习有关游廓与花魁的知识，熟悉小说题材；他从网上买了一些写真集和画册，还陪小N到吉原游廓的旧址所在地——日本桥人形町——去散步，拍下了许多资料照片。就这样，他将小说描写所需的各种知识、词汇都灌输给了小N。小N逐渐熟悉了江户时代的生活，也理解了日本这个国家的形成历程。起初他学这些只是为了赚钱，但在不知不觉间，他已变得纯粹只是为了兴趣而学了。

“我本来以为，‘花魁的世界’跟我这个从小在越南农村长大的穷小子不可能有任何关系。但随着阅读的不断深入，我竟然在她们的世界中找到了能够让我共情的部分：游女中的一部分人是被一群叫作‘女衒’[①]的人带到游廓去的——他们专门跑到农村寻找生活穷苦的人家，买走家中的年轻女孩，然后带她们进城，在游廓里给她们介绍工作，并从中收取中介费用。您不觉得她们跟我们有点儿像吗？”

游女无法离开游廓自由生活。她们是被卖进来的，想要离开，就必须先把卖身钱给还清才行。如果有人妄图不还钱就私自逃跑，雇主就会对她进行严酷惩罚，以儆效尤。

自己与她们的处境何其相似啊——无法偿还为了出国而欠的债，护照也被没收了，只能日复一日地干着苦工……小N通过自己与她们的共通之处，逐渐理解了J老师想要描绘的世界观。

“我请A先生帮我网购了一些J老师的旧作，试着模仿他的文体。通过研究，我熟悉了J老师喜欢什么样的表达方式，也知道了他怎么用标点符号。”

从那个时候起，小说《游廓人偶》的写作终于有了实质性进展。小N已经不太会因为听不懂某些语句而停下打字的手了，病房里终日回荡着清脆响亮的打字声，

① 女衒：江户时代的一种职业，指专门为风月场所搜罗并贩卖女性的人贩子。

病房外的人们再也没有见过那个越南青年沮丧地走出房间的场景。

小说刚从J老师的灵魂中降生的样子，用小N的话说，“就像是还没被面包师塞进烤箱里的面团一样”。小N需要精心烘焙那个面团，将它变成符合专业水准的工整文章。

起初，小N的文章总得经过反复修改才能获得J老师的认可。但他逐渐熟悉了J老师的文体特点，书写水平也日益提高，常常一稿就过。

“不过，我是花了好长时间才达到那种境界的——得有三四个月吧。在帮J老师写作的过程中，我的日语水平有了飞跃性的提升。毕竟J老师可是操纵语言的专家啊，我成天跟他泡在一起推敲文章，日语水平怎么可能不进步呢？J老师向我传授了很多知识，不过其中最让我感兴趣的，还属花魁世界中的那种语言——‘廓词’①。”

小说《游廓人偶》中的游女，会自称为“あちき”“わちき”“わっち”②等，在每句话的结尾处则会加

① 廓词：在江户时代的游廓中使用的特殊词汇和表达方式。这些词汇主要用于隐藏地方口音，同时也体现了一种独特的文化和社交方式。

② 三个词皆相当于标准日语中的“わたし”，意为“我”，可翻译成“奴家”等。

上一个“ありんす”[1]。这些都是江户时代吉原游廓中的游女惯常使用的廓词。讲一口完美的廓词，能让那些出身农村的少女隐藏乡音，把自己打造成优美而又风情万种的游女。

“一开始我觉得好麻烦啊——写台词的时候，还得用一些连日语教科书上都没有的表达方式。像什么‘ござりんせん’[2]啦，‘しておくんなまし’[3]啦，‘ようざんす’[4]啦……说实话，我来日本工作这么些年，就没遇见过这么说话的人。‘这种表述方式真的存在吗？’在把廓词输入文档的时候，我总忍不住向J老师反复确认。可是，当我逐渐习惯以后，却有点儿喜欢上了那种腔调——它很性感，像在唱歌，对不对？我把自己这种感受告诉了J老师，他听后非常满足。虽然他还跟平时一样，毫无表情，宛如一具摆在商场里的老头儿模型，但是他的心里却产生了一股愉快的情绪波动。”

小N在不知不觉间习惯了廓词，变得能够快速地记录下吉原游廓中花魁们的日常对话了。

---

① 相当于标准日语中的“です”，放在句尾表示肯定的判断，意为“是”。

② 相当于标准日语中的“ではありません”，放在句尾表示否定的判断，意为“不是”。

③ 相当于标准日语中的“してください”，表示请求。

④ 相当于标准日语中的“结构です”，表示同意、允许。

“您觉不觉得，廓词听起来既美丽又带点儿哀伤的感觉？那些从农村被卖到游廓来的女孩子，不得不舍弃乡音，以及跟父母一起度过的童年时代和故乡，用廓词武装自己，投入工作。我想象着她们在面对那种处境时所展现出的女性特有的决绝意志与生存智慧，内心深受感动。”

小N越来越爱向J老师提问了：“当时的游女是怎么生活的？她们吃什么东西？经历了怎样的人生？当时日本大约有多少个游廓？旧日游廓的所在地，现在都变成什么场所了？”

“J老师这人相当暴躁，身体都那个样子了，心里还总是一天到晚骂骂咧咧的，超级烦人。但每当我向他提问，他却总是高高兴兴地为我作答——也许他只是想展示一下自己的知识储备吧。现在回想起来，我当时的学习环境可真是绝无仅有。我和J老师之间逐渐产生了一种很亲密的感情，有点儿类似于志同道合的好朋友。”

小N帮J老师写作已经将近半年了。繁花似锦的吉原游廓、爱恨交织的游女世界，从一个越南青年的笔下徐徐诞生，而小说《游廓人偶》的文档数据量也在稳步增长。

“我们经常工作到很晚。医院规定的探视时间是到不好，网上的评价还差；也许自己应该放弃小说去干点儿别的，但都这把年纪了根本找不到其他工作，只有去死……包括我在内的底层作家们只要聚到一起，基本上就会变成这副德行。

大约一个小时以后，所有在场编辑的电话忽然一齐响了起来。他们接起电话后，一个个都变得面色惨白，纷纷冲出店外。被他们“遗弃”了的我们感到十分困惑，不清楚到底发生了什么。这时，有个编辑折返回来，向留在店里的我们解释道：“J老师他……好像出车祸了！”

全国的新闻频道都播放了车祸现场的航拍画面。车祸发生在一条高速公路的入口处。前一天，J老师是开着自己的爱车去往聚会酒店的。回家的路上，由于错误操作，他的车猛然撞上一辆大卡车，当场翻倒。J老师被紧急送往医院，陷入昏迷，生命垂危。

他的情况比大家想象的还要糟糕——全身瘫痪，面部塌陷，今后绝无继续写作的可能。虽然媒体并未对此大肆宣传，但他的伤情还是通过互联网扩散得尽人皆知。大批读者为他哀叹不已。

然而关于这起事故，还有一个只有少数人知道的事实。而且有关该事实的言论，受到了严格限制……

X X X

“J老师的宅邸位于东京都内一片高级住宅区中，光是房子和土地的价值就高达十亿日元以上。今后J老师的小说肯定也会持续热卖，要是把书的著作权也加在一起计算的话，他的财产数额会是一个天文数字。J老师孑然一身，年事已高，全身瘫痪且毫无康复的希望。估计他觉得自己只需留够老死之前的住院费用就好了吧。我倒觉得这个主意挺不错的，那些财产肯定能让小N和他全家都过上好日子的。再说了，既然J老师本人都发话了，我又有什么理由去反对呢？可惜，这件事传出去没多久，麻烦事就找上了门。”

有一天，一位自称J老师外甥的人来到了出版社。

J老师曾经有过一个妹妹。她已经过世了，她的儿子还活着。她的儿子和J老师基本没有什么来往，因此J老师从来也没提起过他。

“我们对于J老师的亲戚关系一无所知。他出车祸以后没有一个亲属露面，住院手续什么的也全都是由出版社这边出面办的。简直了，也不知道那个男人到底是从哪里听来的消息。他到出版社来，就是为了抗议J老师要把一半财产转让给小N这件事的。”

当时，A先生曾找主编商量过这件事情。也许他们在说话时不小心被旁人听到了，结果那人出去一说，事情很快就传遍了整个出版业界，也传进了J老师外甥的耳朵里。

来到出版社的这位男士年纪将近五十岁，身材十分瘦弱。他穿着一身挺括干净的西装，看着是个很得体的公司职员。但他的脸上始终挂着一副僵硬的笑脸，给人很虚伪的感觉。为了证明自己与J老师的血缘关系，他随身带来了一套完整齐备的证明文件。他的确是J老师的外甥，J老师死后，作为代位继承[①]人，他有权利继承J老师的遗产。

“那个男人之所以会跑来抗议，肯定是因为接受不了J老师的一半财产将落入一个越南青年的手中。毕竟，这会让他继承的财产大幅缩水。”

他坚称，J老师没有说过要将自己的一半财产进行转让，相关言论纯属捏造——他这话倒也很难辩驳。对于不了解小N能力的人来说，一个全身瘫痪，不仅说不了话连眼球也无法转动的人，到底是怎么提出这个建议的，这确实是件很难想象的事。

① 代位继承：指被继承人的子女先于被继承人死亡，由该死亡子女的晚辈直系血亲代其继承遗产的制度。

事情麻烦就麻烦在，这个提议不是由J老师本人表达出来的，而是通过小N的嘴说出来的。因此，要想从法律上认定这是J老师本人的意愿极为困难。

“我又去找律师进行了一番咨询——找的还是之前那个女律师。她对遗产继承方面的问题好像也很熟悉，因此同意受理这个案子。可惜，等我讲完所有情况后，得到的答案却很令人失望：据她判断，目前的情况对于对方更有利。不仅如此，如果我们执意要把J老师的资产分给小N的话，甚至有可能会被判刑。”

心灵感应在法律上没有得到认可。如果小N去取钱，不管事实真相如何，由于他无法证明J老师确实表达过这个意思，很可能会被视为私自取出他人存款。如果有人起诉他，他一定会输。

照这样发展下去，J老师的财产就会在无视他本人意愿的情况下，全部由他外甥继承。

“虽然J老师躺在床上，一点儿表情也没有，但他似乎已经快气疯了。小N不断摩挲着他的胳膊，安抚着他。其实我自己也气得不轻。在那个男人眼里，J老师的意愿好像完全不存在一样。他根本就没把J老师当人看待。虽然J老师不能动也不能说话，但他还有清晰的意识，也能正常思考。可是，那个男人似乎觉得这些一点儿也不重要。小N告诉我，J老师在心里说，自己死也不会把财产交给那个男人的。但是我们却找不到任何办法，能让法律认可J老师表达了这个意思。”

就在这种胶着的状况中，小说《游廓人偶》正式发售了。

发售日当天，小说被准时摆到了各大书店的货架上。我清楚地记得，这件事在社会中掀起了一阵不小的波澜。大家都以为，J老师出车祸后肯定再也不能写作了，因此看到他的新作品后，大家全都惊喜万分。

当天傍晚，A先生接到了小N打来的一通电话，说今天有个自称J老师外甥的人到医院里来探病了。

“那个男的竟然会到医院里来，你说神不神奇？自打J老师住院以来他就没露过面，这会儿怎么突然肯来看望舅舅了呢？是因为以前跟舅舅的关系太疏远了，想要赶紧修复一下？还是纯粹只想作秀给人看呢？反正他就是想来宣誓一下主权，证明自己才是唯一有资格继承J老师遗产的亲属。”

由于A先生当天人在公司，因此那天发生在病房里的事情，他是后来才听说的。

小说《游廓人偶》发售当天，东京下起了雨。病房的窗外是一片灰蒙蒙的景色。小N坐在J老师的床边，陪着老人说话。虽然写作已经结束，但他每天还是会来病房看J老师。

小N马上就要离开日本了。J老师的灵魂即将再次被幽禁到那具孤独的躯壳中。他再也无法向外界传达自己想说的话，只能静静地躺在床上，等待生命终结。小N很担心J老师。他对于自己将要抛下老人返回祖国这事儿，感到非常愧疚。为了减轻心里的负罪感，他每天都会尽可能多地挤出些时间来跟J老师聊天。

傍晚时分，有人敲响了病房的门。小N将门打开后，一个四十多岁身材瘦削的男人走了进来。小N以前没见过他，所以并不知道来者何人。其实，那个男的和J老师长得很像，但由于小N见惯的是J老师车祸之后那张塌陷的面孔，因此并没看出他和J老师的血缘关系。

“请问您是哪位？”小N问。

那个男人宣称自己是J老师的外甥，然后以一种胜利者的目光得意扬扬地看着小N。

“你就是帮忙照顾我舅舅的那个越南人吗？”

“是的。我是N，请多多关照。”

小N起身向他致意。大家都以为小N是A先生的朋友，帮着A先生照料J老师呢。此刻，J老师躺在床上听着他俩说话，却做不出任何表情。如果小N摸摸他的胳膊，不知将会听见多么难听的话。可惜，那些话都被他的身体囚禁住了，他只能静静地躺着。

“今天是新书发售的日子，我想正好借着这个机会过来看看舅舅。”

小N提醒自己要对人家礼貌一点儿——不过他对这个人本来也没什么恶感。他不明白大家为什么要生这个人的气。他认为，如果人家有权继承J老师的财产，那么人家就该继承J老师的财产。

那男人转过头去，重新看向床上的老人。

“舅舅，一直没能过来看您，真是太抱歉了。从今往后就让我来照顾您吧。”

“那个，我去给您买点儿饮料吧。您想喝什么？咖啡可以吗？还是茶？”

“咖啡吧。”

“好的。热的可以吗？加不加糖？”

“都行，你看着办吧。你的日语说得可真好啊。”

“是啊，很多人都这么说。”

小N朝病房外走去。那个男人刚好站在门口附近，小N经过他身边时，若无其事地碰了他的身体一下——

说，该机构名声非常不好，曾发生过好多起被收容者自杀未遂的事件，各类人权团体都对它们提出过诉讼。A先生和女律师都希望，无论如何都要赶在小N被送到入管中心之前，把他放出来。

“我在收容所的会见室里再次见到了小N。他原本就消瘦的脸颊变得更憔悴了，眼睛底下出现了两个大大的黑眼圈。看样子，他这段时间都没怎么好好睡过觉。对不起，对不起……他不断地跟我道歉。然后他问起了J老师的情况，问我他是不是因为写作被迫中断而生气了。”

A先生和女律师一起去看了小N好多次。他们花了很长时间，讨论该用什么方法把他从收容所里放出来。

“小N并没有想在日本定居的意思。他一直打算赚够一定的钱以后，就返回越南。因此我们决定接受强制遣返的结果，并以此为前提，替他申请了临时释放。”

如果收容所批准了临时释放的申请，小N就能从收容所里暂时出来一段时间了——前提是有人替他支付保证金，而且他的行动范围也会受到限制。

“在律师的指导下，我们成功申请到了为期一个月左右的临时释放假期。按照她的策略，小N对收容所的人是这样说的：他接受返回越南的条件，但由于临走前还需要处理一些身边杂事，所以想要申请一段时间的临时时，我感动得泪水直往下淌。泪水模糊了视野中的电脑屏幕，但我不想错过J老师内心那片动人的世界，因此强撑着，哽咽着继续打字。他听见我的啜泣声，吓了一跳，提议说要不然先休息一会儿。但我说不。我说我们得维持住现在的情绪状态，一鼓作气把这个场景写完。因为我有种预感，一旦暂停，这段感人的情节就写不出来了。”

小N流着眼泪写完了那个场景。

“随后，我们聊了一会儿私人话题。J老师破天荒地问起了越南的事。他问起我在故乡的村子里是怎么生活的，平时都吃些什么。他还问起村里都有什么样的节日，问起我的父母和弟弟们。这还是他第一次像这样问起我的童年和生长环境呢。他的心里向来只有日本，对外国可以说是毫无兴趣。”

我不知道J老师当时到底是怎么想的，但我猜测，他那样做，大概是想以自己的方式，拉近与小N之间的距离吧。也许，他想要对这个代替自己写小说，感动得泪流不止的外国人，表现出一份敬意。

“跟着J老师写小说，苦虽苦些，但很有价值感。我觉得自己参与的是一件有意义的事，因此内心非常充实。我本两手空空，一无所有，现在却有了一个机会，悦。他得意扬扬地说，《游廓人偶》大概率会成为自己最好的一部作品。我倒也有同感。虽然这本书当时还没写到结尾，但我已经从中感受到了一种巨大的潜力，觉得它能超越J老师的代表作《岛国》。”

然而，那次会面后没多久，写作就被迫中断了。

X X X

“我很尊敬J老师，但他那个性格实在让我有点儿受不了。如果我爸爸是这样的话，我肯定会被气得反复离家出走的。又顽固，又神经质，一天到晚抱怨个没完。有时候我甚至会恶毒地想，他被人下药、遭遇车祸，纯属咎由自取。他肯定是得罪了谁，被人记恨上了。不过他的作品确实优秀。”小N无限怀念地讲述着往事。

他已离开日本好几年了，现在在越南生活。

“直到现在我都还记得，有一天，在写《游廓人偶》的时候，我边打字边哭了起来。当时，我正写到游女们在被窝里回忆故乡家人们的场景。从J老师的脑中传入我脑中的大量图像和语言，都情真意切地表达出了游女们的心情。当我把那堆图像和语言转化成清晰的文字老师的其他作品相比，已经毫不逊色。我把事情的原委都告诉了主编，但他无论如何也不肯相信。于是我就请他亲自到病房里来，看看两个人写作时的场景。”

主编在病房里所见到的，肯定是幅极为古怪的写作场景吧：小N伸手触摸卧床不起的J老师的手臂，然后对着笔记本电脑噼里啪啦地打字；写完几行以后，他会大声念出来，并向J老师确认“这样可以吗？”。随后他会再次触摸J老师的手臂，通过心灵感应聆听J老师的意见，然后对文章进行适当修改……整个写作过程就是上述这串动作的不断重复。

“主编认可了我的这项尝试。我心里的一块石头终于落了地——其实我很担心他会认为‘这可不能算是J老师的新作品’呢。毕竟，这部小说并不完全是由J老师一个人写出来的，对吧？打字都是别人帮他打的。但我觉得，这种程度的合作，还不至于让作品失掉J老师作品的文风与灵魂。”

主编和J老师是老朋友了，以前经常一起去逛爵士咖啡馆。现在，在小N的帮助下，他们两个人终于又能对上话了。

“他俩都显得很高兴。虽然J老师始终面无表情，全程都由小N代为发声，但是他的话里明显透着一种喜所以，他把聚会时曾来到自己桌前跟自己打过招呼的作家和编辑，全都一个个地叫到了病房里来。小N通过心灵感应获取他们脑内的念头，试图查明谁是凶手。

“我注意到他俩在搞什么小动作了。稍加盘问，那孩子就全都招了。自那以后，我与他们‘同流合污’，叫了很多人到病房里来。我也极其痛恨那个凶手啊，我也很想知道到底是谁害了J老师。我想找到那个家伙，让他为自己的所作所为付出代价。”

然而，他们并没能从来访者中找到凶手。据小N说，几乎所有来访者在看到全身瘫痪的小说家后，都产生了发自内心的同情。找凶手的计划陷入了困境。

“不过，写作进展得很顺利。等到原稿积累到一定量以后，我就把它拿给主编过目。”

A先生没做任何说明，直接就把还没写完的《游廓人偶》拿给主编看。那份原稿虽然尚欠雕琢，却真真切切地散发着J老师的光辉。

主编如饥似渴地读完之后，怅然若失。他说：“因为那场车祸，我们再也读不到这部小说的后续了……这真是文学界的巨大损失。”他还以为那份稿子全都是在车祸以前写好的呢。

“我们成功了。虽说还没写完，但《游廓人偶》与J

问我能不能请他们过来探望一下J老师。小N说J老师已经列好了一份想见的人的名单。”

A先生觉得有些蹊跷，但还是答应帮忙。他逐一接触名单上的作家和编辑，问他们要不要来探望一下J老师。有些人一口答应，有些人则显得有些意外，因为出现在那份名单上的人里，有些和J老师基本可以说是毫无交情——就比如我。

“我将小N介绍给到病房里探病的人，结果所有人好像都以为他是护工一类的人。小N会在做完自我介绍后，用不易察觉的方式触碰对方的身体。有时，他会和对方握手；有时，他会帮对方拿掉粘在身上的线头；有时，他会打着去给对方买饮料的幌子，朝病房外走去，并在与对方擦身而过的瞬间假装不经意地用手背蹭过对方的皮肤……他做这些，都是为了进行心灵感应。他逐一聆听每个前来探病之人的心声，想要找到谋害J老师的凶手。”

J老师知道自己体内检测出了安眠药的事。据说他是在意识恢复之后，听医生和护士在病房里聊起这件事的。当然，他不记得自己服用过任何药物。那天他只喝过从壶里倒出来的咖啡。因此，凶手肯定是会场里的人。

让媒体嗅出任何异样。J老师是个出了名的刻薄鬼，总是口无遮拦地贬斥他人的作品，伤了很多作家的心。他还曾经大骂一个在工作中犯了点儿错的编辑，逼着人家下跪道歉。因此，警察怀疑这起事故是由对他心怀怨恨的人所犯下的罪行。

可惜，他们并未从会场的监控摄像记录中找到嫌疑人，因此也未能成功破案。

X X X

“到后来，小N已经可以准确理解J老师的想法，写出跟J老师写的一模一样，完全能够以假乱真的文章了。他把休息时间都用于研究J老师的文体，还阅读了大量有关作品时代背景的资料。”

A先生并没有整天守在两个人的身边，盯着他们写作。他还有其他要负责的作家，以及其他要制作的书籍。在那段时间里，他每天还是会去公司照常处理工作，只在傍晚时分顺路来病房看看，确认当天的写作成果。

“有一天，小N忽然说想找我商量件事。他说，J老师想见见他的作家同行，以及跟他关系比较好的编辑，据目击者称，车祸发生前，J老师驾驶的汽车一直在路上歪歪扭扭地“画龙”。J老师被紧急送往医院后，体内检测出了安眠药的成分。他疑似进行了“药驾”。车祸发生时，他就算没有睡着，肯定也已经意识模糊了。

但是，这事真是J老师本人的过失吗？警察开始对此展开了调查。也许有人神不知鬼不觉地往他喝的东西里加了安眠药？警察有这种猜测不无依据：从前，在某个县的养老院里，有名工作人员在开车前喝下了被同事放了安眠药的饮品，并最终死于车祸。那起案件成了轰动一时的全国性新闻，凶手是一名女性准护士[①]。也许，J老师的这起事故就是有人模仿了那起案件中的做法呢？

警察仔细查看了聚会会场的监控摄像记录，确认当晚是否有可疑的人接近过J老师。如果他真的被人下了药，嫌疑人最有可能的投药目标就是当晚他所喝的那壶咖啡。

警察暗中对J老师的人际关系进行了调查，尽量没

① 日本的护理行业包括正护士、准护士和介护这几个工种。准护士是指通过了日本各都道府县举办的准护士考试的护士，需要在正护士的指导下工作。

睛好像比平时更容易对得上焦似的。我仔细看了看他的眼睛，结果发现，那颗总在微微颤抖的眼球竟然平静下来了。”

慎重起见，小N请医生过来看了看。医生凑近观察J老师仅剩的那只眼球，认真检视后发现，J老师自打车祸以来就一直在微微颤抖的左眼眼球，此时竟然盯着一个地方静了下来。医生将此判断为好转的征兆。

“医生说，J老师的眼睛经过康复训练是有可能再次转动的。当然，这并不意味着他能摆脱闭锁综合征，至多只是有可能在一定程度上控制眼球的活动而已——只可惜控制眼皮的肌肉还是没能恢复。”

这一诊断为J老师的处境带来了决定性的变化。能够自主活动眼球后，他就可以表达“Yes”或“No”的判断了。这样一来，他可以不用借助小N的心灵感应，直接向外界表达自己的意思。同时，他也可以让法律认可，自己同意将一半资产生前赠送给小N。

“我们最后在病房里道别那天，他还没有开始康复训练呢，所以眼球还是一点儿也动不了。我触碰到他枯枝一样的手臂时，感受到了一股纯粹的感激之情。我的心情并没有特别难过，因为我知道，等他眼睛恢复以后，就算没了我，他也能跟身边的人交流了。真是太好

了。我对他挥手道别，说了一句‘おされば え’。这是花魁们使用的廓词，意思是‘再见’。”

随后，小N和A先生一起去了机场。临别之际，他与A先生紧紧地握住了彼此的手。

“能认识A先生是我的幸运，缘分多神奇啊！刚从工厂逃出来那会儿，我每天都后悔不该到这个国家来，每天都哭，觉得自己真该一直留在越南。可是，当我即将离开日本的时候，心里却产生了一种依依不舍的感觉。”

载着小N的飞机从日本的土地上飞走了。

日本和越南的直线距离是3600公里左右。大约六个小时后，小N抵达了越南。他先在城里住了一宿，然后搭乘长途列车再转乘巴士，回到了故乡的村庄。这次回来，他重新意识到这里真的是什么也没有、普普通通的农村。一切都与他出发时一样，毫无变化。他甚至有点儿怀疑自己到日本去的那几年会不会只是一场大梦。

“当我走进家门时，父母一脸茫然地朝我看了半天，才扑过来抱住了我。我事先完全没有联系他们。我说自己这次回来是因为被日本政府驱逐出境，大伙儿都吃了一惊，为我担心，问我是不是在日本犯了什们选择按兵不动，当天先放那个男人回去。随后我们就去找警察聊了一下。因为不能提及心灵感应的部分，所以我们在讲述的时候适当夹杂了一点儿谎言。”

警察对J老师的事件进行过绝密调查。他们早已查明事发当晚在酒店工作的人员名单，并将每个人的脸部照片与个人履历都列了出来。A先生和小N在警察局看到了那份列表。

“我们编了个说法，说小N曾在事件发生当晚，偶然间看到那个家伙和酒店工作人员在一起。当然这也并不完全是个谎言——小N确实通过心灵感应‘看到’过那个场景嘛。他只需要看着警察制作出的列表，指出那个工作人员的照片就行了。”

据说，当警察找到小N指认的人进行询问时，对方立刻就全招了——他肯定也受到了良心的谴责吧。他坦白，把安眠药混进咖啡的正是自己，但他也强调，自己这么做都是受人指使，并没有想要杀人的意图。

“那个男人之所以在车祸之后很久都没有站出来，声称自己是J老师的亲属，可能正是因为他还没有摸清警察都查到了什么。他不想引人注目，不愿和这件事扯上任何关系。但是，听到J老师要把一半财产赠送给小N之后，他再也坐不住了。最终，他作为事件的主谋被逮捕，罪名是‘间接谋杀’[1]。虽然他否认了对自己的指控，但警察从他家中找到了与事件相关的几样证据，包括用于胁迫酒店工作人员的物品，以及记载了J老师行为习惯的资料——那份资料是某位作家的博客内容，里面写着J老师在聚会上只喝咖啡壶里的咖啡，以及他每次聚会结束后都是自己开车回家，等等。那个男人将这篇博客打印出来，还在相关内容下用笔做了记号。这下子，他再找什么借口都没有用了。”

经查，他身负巨债，迫切需要一笔钱来还债。这就不难解释，他为什么要用那种虽然不太靠谱，但也有可能会成功的方法去谋害舅舅，并借此在短时间内获得遗产了。最终，警察以“杀人未遂”的罪名逮捕了他。随后，他因犯下了丧失继承资格的罪行，被剥夺了遗产继承权。

X X X

“我能离开日本，回到越南，全靠A先生和主编为我提供的援助资金。但那笔资金可不是《游廓人偶》的

① 间接谋杀：行为人明知自己的行为可能会导致被害人死亡，依然采取放任的态度，既不积极追求也不有效阻止，任由结果发生。

么事。”

后来，小说《游廓人偶》的部分版税被打进了小N在越南的账户。那是一笔巨款。然而这还不算完，等到J老师能够自主活动眼球后，便让司法部门确认他自己的意愿，将一半财产以生前赠予的形式送给了小N。小N用那笔资金在家乡办起了学校和医院，并以J老师的名字为其冠名。

“事情就是这样，我现在当起了老师。说起来，J老师最近好像精神挺不错啊？我在网上看见关于他的报道了——我时不时还是会去看看日本的新闻网站的——他有新书出版了吧？”

“没错。但不是小说。大家原本以为《游廓人偶》会是J老师的最后一本书了，所以都挺惊讶的。”

“像他那样的老人啊，都是不会轻易死掉的——越南这边也一样。”小N说着，笑了起来。

J老师的新作是一本短歌集，编辑仍然是A先生。现在，借助某种探知眼球活动的系统，J老师已经能够逐字选择平假名进行创作了。也许是因为这样打字很费时间吧，他没再挑战长篇小说，而是选择了短歌。他在这个新领域也大显身手，受到了各界的瞩目。

“自那以后，您就再也没跟J老师有过互动？”我问小N。

“没有。既没发过邮件，也没远程视频过。估计他已经把我这个人给忘了吧。不过，再过几个月，我就又能去日本了。到时候如果有机会的话，我会顺路到他病房里去看看他的。”

被日本政府强制遣返的人，五年之内不得再次入境。现在，距离小N被遣返已将近五年，再过几个月，他就可以再次入境了。J老师见到小N后肯定会喜出望外的——他在自己新出版的短歌集里，还专门收录了一首歌咏外国友人的作品——我想象着他俩重逢时的情景，不由得盼望那一天能早点儿到来。

采访临近结束时，小N说：“我经常跟孩子们吹牛，说我跟日本的一个知名小说家是很好的朋友。孩子们听的时候，眼睛里都在闪闪发光。我认为所有的孩子都该拥有平等的机会，我祈祷他们都能拥有一个光明的未来。至于我自己嘛，我纯粹就是比较幸运而已吧。虽然我在日本差点儿死掉，但结局还是挺圆满的。”

采访结束时，一大群孩子拥进了他所在的那间教室。孩子们的脸上全都挂着兴致勃勃的表情，探头探脑地看向电脑。我对他们挥手致意，他们便也隔着显示屏朝我使劲挥起了手。